À Chantal.

Avec reconnaissance pour mon Beichtvater, qui m'a initié à la confiance.

En mémoire de Dominique Zerwetz, qui n'a pas su dire sa souffrance.

Avec gratitude pour Edmond Prochain, qui m'a encouragé tout au long du chemin.

Chapitre 1

Les larmes picrocholines

« Trop, c'est trop ! » Les mots ont fusé dans un glapissement. L'abbé Benjamin Bucquoy lève les yeux de sa Bible. Devant lui, le visage de Brigitte Charbonnier explose en jets de larmes. Il sait déjà de quoi il retourne. « Mon Père, ça ne peut plus durer ! Guillemette m'a encore fait une crasse. Figurez-vous qu'elle m'a piqué une botte de roses que j'avais mise de côté pour la Sainte Vierge ! Elle l'a utilisée pour sainte Thérèse ! Je n'en peux plus. C'est fini ! Je rends mon tablier. » Brigitte s'effondre sur sa chaise, hoquetant et reniflant. La semaine dernière, Guillemette de la Fausse Repose était à la même place, quoique bien plus mesurée dans ses pleurs, à se lamenter du fait que Brigitte, qui s'était engagée à fleurir l'église pour la fête patronale, avait fait faux bond. Guillemette avait dû tout faire à sa place, au dernier moment et moyennant un stress colossal. Deux semaines plus tôt, Brigitte récriminait au sujet d'un vase en porcelaine que Guillemette s'était approprié pour faire un bouquet. Ou quelque chose comme cela…

Brigitte et Guillemette font toutes les deux partie de l'équipe de fleurissement de l'église. Mais au fond, la petite guerre qu'elles se livrent n'a rien à voir avec les fleurs, ni avec les vases, ni avec la Sainte Vierge ou sainte Thérèse… Depuis le début, Brigitte a développé avec Guillemette une relation aussi toxique que complexe, parce que Guillemette représente à la fois tout ce que Brigitte aimerait être… et tout ce qui l'insupporte au plus haut point.

Guillemette est belle, très belle, ce qui n'est pas ce que l'on dirait spontanément de Brigitte. Son mari, le sémillant Thibault, est cadre supérieur dans une banque d'affaires. Il aime sa femme. Cela se voit, pendant la messe, à cette façon qu'il a de lui prendre discrètement la taille au moment du signe de paix, quelques secondes seulement… Ensemble, ils ont eu six enfants. Trois garçons : Aymeric, Vianney et Théophane. Trois filles :

Maylis, Ludivine et Alix. Cette famille est un vivant reproche pour Brigitte qui, elle, est stérile. Avec son mari, Gérard, ils ont adopté Olivier quand il était tout petit. Olivier ne fait rien à l'école, fume du cannabis depuis l'âge de treize ans et a redoublé deux fois… Bien sûr, il n'a jamais voulu être enfant de chœur ni scout, comme les fils de Guillemette et Thibault, et il ne vient plus à la messe depuis des lustres ; pas plus que son père, Gérard, un vrai mécréant, à l'opposé de Thibault, qui est évidemment un pilier de la paroisse.

Le malaise s'est installé dès leur première conversation au petit groupe des dames en charge des fleurs. Ce jour-là, Brigitte, en tant que nouvelle, a été soumise au rituel des présentations. « Et combien avez-vous d'enfants ? » a demandé Guillemette d'un ton léger : « Un seul, un fils », a balbutié Brigitte. Le regard de Guillemette s'est alors figé et, penchant légèrement la tête de côté, elle a dit : « Ah, d'accord… » Un « ah, d'accord » qui voulait dire : « Ma fille, tu as trop pris la pilule, tu aurais pu faire un effort… » Aussi Brigitte a-t-elle cru bon d'ajouter, comme prise en faute : « Oui, enfin… nous avons adopté notre fils quand il était bébé. » Cet aveu suscita une vague de murmures admiratifs et de sourires convenus qui achevèrent de mettre Brigitte mal à l'aise. Elle se maudit intérieurement d'avoir étalé sa vie privée devant des inconnues, entre deux gerbes de glaïeuls. Elle en voulait particulièrement à Guillemette, dont le petit regard oblique semblait l'avoir immédiatement casée dans la catégorie des filles égoïstes qui n'ont qu'un enfant et, l'instant d'après, la porter aux nues comme si elle était Mère Teresa. Et puis, si elle savait… Si Brigitte avait cherché à adopter, c'est parce qu'elle en crevait, de ne pas être maman ; pas pour faire une bonne action…

Bien que Brigitte n'arrive pas encore à se le formuler clairement, la situation est claire : elle est tout bonnement jalouse de Guillemette. D'autant plus que tout semble réussir à cette mère de famille quasi parfaite. Bonne cuisinière, excellente couturière, épatante jardinière, l'infatigable Guillemette sait aussi peindre et bricoler. Elle joue du piano à merveille, tient ses albums photo à jour, et cite de mémoire Jean-Paul II. Elle est tellement parfaite que l'abbé Benjamin lui-même s'en amuse intérieurement. Combien de fois s'est-il retenu de lui lancer, s'autorisant un tutoiement qu'en général il ne réserve qu'aux enfants de chœur : « Allez, pète, Guillemette ! Oui, pète ! Pète un bon coup, ça nous détendra tous… »

Le curé n'est pas totalement étranger à cette guerre entre dames. Il y a un peu plus d'un an,

Guillemette, qui s'occupait des fleurs avec un indéniable talent, était venue lui demander du renfort pour l'aider dans sa tâche. L'abbé avait alors pensé à Brigitte, qui venait de débarquer dans la paroisse et cherchait à se rendre utile. Elle serait sûrement moins douée que Guillemette, mais elle pourrait s'appuyer sur son expérience. Hélas, le tandem idéal avait aussi bien fonctionné que l'attelage d'une autruche avec un percheron.

Ce matin, quelle bonne parole l'abbé peut-il encore trouver à dire à Brigitte, qui se mouche frénétiquement dans un kleenex réduit en charpie ? L'affaire relève plutôt d'une bonne psychothérapie. Mais comment dire à Brigitte qu'elle ferait mieux de se faire soigner ? Le curé se sent d'autant moins habilité à donner ce conseil qu'il s'en veut d'avoir laissé pourrir la situation. Non seulement il a créé ce tandem infernal, mais il a versé de l'huile sur le feu. La semaine passée, lors de la dernière éruption lacrymale de Brigitte, elle a lâché, entre deux hoquets, la phrase qui tue : « De toute manière, monsieur le curé, vous préférez Guillemette, je le sais bien. Je vous ai entendu dimanche dernier, juste avant la messe. Vous lui avez dit : "C'est très subtil, cette touche de rouge dans votre travail, cela rappelle le sang versé du Christ." Ah, c'est sûr ! ce n'est pas à moi que vous dites ce genre de choses, jamais ! »

L'abbé a rougi, et n'a rien trouvé à répondre. Jamais il n'aurait cru que sa préférence pour les bouquets de Guillemette était manifeste. Seulement, le drame est là : Brigitte fait de la décoration, Guillemette de la théologie.

S'il n'était pas le curé, Benjamin mettrait volontiers fin à cette tragédie picrocholine en décochant à la pleurnicharde un bon coup de pied aux fesses – sous la forme d'une phrase musclée. Mais il n'a pas envie de prendre parti. Il sait que, demain, Guillemette viendra à son tour lui réciter son bréviaire de douleur : elle ne peut plus supporter Brigitte, ses crises et son attitude manipulatrice, au point qu'elle fait une sciatique à chaque dispute.

Il se racle la gorge et ouvre le tiroir de son bureau. « Voilà vingt euros. Allez vite nous trouver une botte de roses supplémentaire. Vous allez encore nous faire un merveilleux bouquet pour la Sainte Vierge ! »

Mais, au fond, pour la première fois, il a vraiment envie de l'écrabouiller comme une mouche d'été.

Chapitre 2

Un beau dérapage verbal

Le téléphone vibre dans sa poche. Benjamin a tout juste le temps de l'extraire de son pantalon pour le déverrouiller. « Salut, c'est Jean-Philippe. Peux-tu passer me voir cet après-midi ? J'ai quelque chose à voir avec toi… » Benjamin comptait bien occuper son temps à régler deux ou trois bricoles… Mais quand son évêque le convoque, il ne se dérobe jamais. C'est d'accord, il passera en fin de soirée. Ce sera bref, a promis Mgr Vignon. Expéditif, comme toujours. Hélas…

En raccrochant, Benjamin pense avec nostalgie à cette époque bénie où le temps ne comptait pas. Lui et son évêque se voyaient alors presque tous les jours et s'appelaient pour un rien, tout simplement parce qu'ils avaient plaisir à se parler. L'époque lointaine où il était jeune vicaire à la cathédrale, et pas encore écrasé par les tâches pastorales… C'était il y a quinze ans.

Arrivé sur le siège épiscopal à la suite du décès inopiné de Mgr Gilbert Fulgent, fauché par un infarctus, Jean-Philippe Vignon avait tout de suite fasciné Benjamin Bucquoy par son intelligence, son charme, sa vision profonde et acérée des défis de l'Église, et surtout par la confiance qu'il mettait en lui. Après quelques années passées comme vicaire, Benjamin avait émis le souhait de reprendre des études, projet qu'il avait dû mettre de côté juste après son ordination. Par bonheur, Mgr Vignon avait donné son feu vert, et l'avait envoyé à Rome pour une année, suivie d'une autre à l'École biblique de Jérusalem. Benjamin ambitionnait alors secrètement de devenir un bibliste de renom.

Aujourd'hui, il est loin d'avoir réalisé son rêve. Tout juste a-t-il réussi, en y consacrant tous ses temps libres, à boucler sa thèse de doctorat sur la question de « la force qui s'accomplit dans la faiblesse », thème tiré de la deuxième épître de Paul aux Corinthiens. Au terme de ce travail énorme, auquel il lui semble avoir sacrifié une bonne partie de sa jeunesse, Benjamin a eu la désagréable sensation de tourner une page, celle de l'étude, sans avoir réellement ouvert la suivante, celle de la transmission à la jeune génération. Il se l'est rappelé amèrement au moment où il a passé le cap des cinquante ans, il y a quelques mois…

En fait, il nourrit encore le secret espoir d'être nommé professeur d'Écriture sainte au séminaire diocésain. Il y a quelques années, Mgr Vignon lui avait laissé entendre qu'il aimerait le nommer à cette fonction, mais sa thèse était alors loin d'être achevée. Aujourd'hui, le poste est vacant. Dans son bref échange avec l'évêque, une pensée a donc traversé les méninges de Benjamin : et si c'était pour cela qu'il le convoquait ? Cela récompenserait tout le travail qu'il a fait pour le diocèse et cela consacrerait enfin son talent d'exégète.

Avec le temps, la relation quasi fusionnelle qu'il entretenait avec son évêque s'est distendue. Et puis Jean-Philippe a changé : il joue une partition de plus en plus complexe, compte tenu des savants équilibres qu'il est contraint de tenir. Avec Rome, il affiche une fidélité de bon aloi tout en s'assurant une certaine indépendance. Avec les autorités civiles, il lui faut montrer patte blanche, et parfois aussi les crocs. Avec les prêtres et les laïcs, Mgr Vignon doit sans cesse ménager la chèvre et le chou, vu la variété des sensibilités politiques, liturgiques et théologiques présentes au sein de son troupeau. Mais ce que Benjamin a de plus en plus de mal à pardonner à son boss, c'est qu'il est devenu, en dépit de sa sensibilité spirituelle évidente, un animal politique. Et non un saint. Et l'abbé se demande souvent si un homme de pouvoir peut aussi être un saint.

Habité par cette perplexité, Benjamin entre dans le bureau de l'évêque. Après quelques banalités de rigueur, Jean-Philippe Vignon en vient au fait. Contrairement au secret désir de Benjamin, l'affaire ne concerne pas sa possible promotion, mais son attitude à l'égard d'Évelyne Bossard-Dupin, la responsable de la formation catéchétique du diocèse.

Le fait que Benjamin et Évelyne entretiennent des relations exécrables n'est un secret pour personne dans le diocèse. Évelyne a été nommée à ce poste clé suite à un récent synode diocésain où les laïcs ont déploré que les manettes ecclésiales se trouvent presque exclusivement entre les mains des clercs, et exclusivement entre celles des hommes. Bossard-Dupin est donc devenue un double symbole de l'accession au sommet, non seulement des laïcs, mais aussi des femmes. Cela fait beaucoup pour une seule paire d'épaules, même larges.

Cependant, Évelyne n'est pas une potiche mise en place pour acquitter Mgr Vignon face aux attentes de la base. Elle est la disciple de Maryvonne Pastoubert, la célèbre sociologue de la section VII de l'École des sciences humaines et sociales appliquées. Cette dernière a révolutionné l'analyse du catholicisme contemporain avec son concept de « désaffiliation religieuse postmoderne » pour qualifier le phénomène de la sécularisation. Sur les conseils de Maryvonne, Évelyne a étudié la question de l'abandon de la pratique dominicale en Île-de-France de 1966 à 2000. Après son doctorat, elle a bifurqué sur la pastorale catéchétique, dont elle est devenue une spécialiste de renommée internationale. La publication de sa thèse consacrée à « l'annonce de la Parole par la méthode inductive » a déclenché une avalanche de louanges. Couronnement de sa carrière, elle vient d'obtenir le prix Ricœur pour l'herméneutique catéchétique délivré par l'Institut supérieur de transmission kérygmatique, situé à Louvain. Une sorte de prix Nobel en la matière…

À cinquante ans, Benjamin n'a guère envie que les enfants subissent les méthodes qu'il a lui-même connues dans les années 1970, dépourvues de contenu et de solidité. Coloriage et humanisme furent les mamelles auxquelles les sympathiques dames catéchistes nourrirent toute une génération, en réaction à l'approche janséniste qui sévissait durant leur propre enfance, c'est-à-dire avant et après la Deuxième Guerre mondiale. Ce fut un véritable désastre théologique et pédagogique. Or, les méthodes d'Évelyne ressemblent étrangement à ce qui se faisait dans les années 1975. Tant pis pour tout le monde si quarante années ont passé.

Benjamin ne supporte pas le jargon pseudo scientifique d'Évelyne, ni sa prétention à savoir ce qui est «à la pointe du progrès». De son côté, il invite les jeunes paroissiens à s'investir dans des pratiques typiquement catholiques, telles que l'adoration eucharistique, qui révulsent Évelyne. «De la piété de bas étage!» soupire-t-elle. Et puis elle ne supporte pas ce col en celluloïd immaculé qui dépasse de la chemise de jais de Benjamin, comme s'il cherchait par tous les moyens de bien montrer qu'il est prêtre, *lui*… Elle le trouve incroyablement suffisant. Elle n'est d'ailleurs pas la seule, dans le diocèse, à être horripilée par la morgue du curé, mal cachée derrière un sourire aussi énigmatique qu'automatique.

Évelyne déteste surtout la résistance de Benjamin à son autorité. Elle estime avoir fait de plus belles études que ce «tâcheron», qui a mis dix ans à finir son doctorat. Indubitablement, elle est plus brillante que lui. Mandatée par Mgr Vignon pour renouveler la stratégie pastorale pour la transmission de la foi, elle a mis sur pied un Plan triennal de transmission catéchétique intégrée, le PTTCI, sur la base d'un rapport de 174 pages qui définit les grands axes d'une pastorale efficace et résolument interactive, reposant sur des méthodes pédagogiques de pointe. « Une usine à gaz », a déclaré l'abbé Benjamin devant ses ouailles ; ces mots ont blessé Évelyne lorsqu'ils sont parvenus à ses oreilles. Elle fulmine depuis qu'elle a appris qu'au lieu de faire travailler les enfants sur le parcours A du PTTCI, prévu pour l'année liturgique A, l'abbé a décidé de leur faire apprendre par cœur des passages de l'évangile de Marc. « Le par cœur, c'est de l'obscurantisme ! Je suis désespérée ! » Le plus fascinant avec Évelyne, c'est qu'elle sait toujours ce qui est bien. Aucune discussion ne peut entamer sa rigidité, en tous points comparable à celle de Benjamin, d'ailleurs. En cas de conflit, Évelyne aime à lui sortir son joker : « Contrairement à vous, je mets l'Homme avant le dogme ! » Elle prononce le mot « homme » avec l'emphase d'un magistrat du Tribunal pénal international de La Haye en plein jugement du commanditaire d'un effroyable génocide.

Récemment, la guerre s'est intensifiée entre ces deux fortes têtes… Sûre de son bon droit, elle l'a mitraillé d'e-mails pour lui demander d'appliquer le plan triennal. Benjamin a fait le mort, comme d'habitude. Elle a donc fini par prendre son téléphone. Excédé par son ton comminatoire, le prêtre a lâché l'insulte qu'il retient depuis des mois : « Évelyne, vous n'êtes qu'une pauvre conne ! », avant de jeter son portable par terre de colère. « Quelle conne, mais quelle conne ! » a-t-il continué à hurler dans le couloir du presbytère durant plusieurs minutes. C'est que Benjamin, comme beaucoup de curés de paroisse, a un côté caractériel. Miraculeusement, le téléphone est sorti indemne de cette altercation.

« Benjamin, tu ne peux pas continuer comme ça avec elle ! » Le ton de Jean-Philippe Vignon est empreint d'une gravité que Benjamin n'a jamais entendue auparavant. « Tu comprends, j'ai déjà suffisamment de problèmes à régler, je ne peux pas en plus passer mon temps à gérer des conflits d'ego. » « Ce n'est pas une question d'ego ! rétorque le prêtre. Évelyne a tort sur le fond des choses. Elle gère la question de la catéchèse comme une énarque. Elle veut faire entrer tout le monde dans un moule, dans un système dont on sait, en plus, qu'il est dépassé. Le pédagogisme n'a jamais permis à la foi de rayonner. C'est une approche élitiste qui manque de cœur. » L'évêque garde le silence. Il sait que Benjamin a raison. « Cette fois, pourtant, tu as franchi la ligne blanche. Tu es prêtre, tu ne peux pas insulter les gens, surtout s'il s'agit de personnes avec qui tu es censé travailler en bonne intelligence. Tu dois lui présenter des excuses. »

Ce soir-là, Benjamin rentre au presbytère le moral en berne. Il ne sait ce qui l'humilie le plus : le recadrage de son évêque ou l'absence de la promotion qu'il espérait bien légitimement. Il a l'impression que Mgr Vignon l'a classé dans la catégorie des curés corvéables à merci. Va-t-il pouvoir tenir encore vingt ou trente ans ce rôle de Cendrillon du sacerdoce, dans lequel il doit appliquer à la lettre les consignes des technocrates des bureaux diocésains ?

Chapitre 3

Un Clochemerle décourageant

Ce soir, Benjamin a la tête qui tourne. À 23 h 15, il vient de s'effondrer dans un fauteuil du presbytère après une réunion de l'Équipe d'animation locale (EAL) qui l'a lessivé. Ce n'est pas la première fois qu'il se coltine ce qu'il considère comme la corvée du mois, qui équivaut sans doute à quelques millénaires de Purgatoire. L'abbé est censé coordonner les différentes entités qui dépendent de la paroisse Sainte-Marie-aux-Fleurs, créée en 2004 par le précédent évêque. On avait alors décidé de regrouper sous la même entité pastorale tout un tas de clochers : un gros et plusieurs petits. En fait, cela ne marche pas du tout et le but des réunions de l'EAL est de laisser croire aux gens des petits clochers qu'ils ne comptent pas pour du beurre – «Non, loin s'en faut!» –, mais qu'ils sont les «forces vives» de tout le dispositif… Mais comme les gens des petits clochers sont très complexés par rapport à ceux du gros clocher, celui de Saint-Germain-la-Villeneuve, il faut dépenser une énergie considérable pour faire croire que la cinquième roue du carrosse est LA roue motrice…

Le rêve de Benjamin serait qu'on ait le courage de dire aux gens la vérité: il n'y aura plus de messes dans les petits clochers, mais seulement dans le grand. D'ailleurs, il se fait fort de leur donner envie de venir, parce que la rotation des messes tape sur les nerfs de tout un chacun. Chaque dimanche, on se casse la tête pour savoir où aura lieu l'eucharistie. Benjamin a bien essayé de demander à l'évêque d'arrêter cette rotation, mais ce dernier l'en a dissuadé. Cela contreviendrait à l'article 4.3 des actes synodaux votés solennellement en juin 2007. «Mais, Jean-Philippe, tout a changé depuis 2007! Ce qu'on a décidé il y a dix ans est déjà périmé!» a argué Benjamin pour essayer de fléchir son évêque. En vain. Mgr Vignon a rétorqué d'un ton sec: «Les laïcs tiennent à "leur" messe dans leur église, alors fais un effort. Fais au moins semblant qu'ils comptent pour toi.»

Du coup, ce sont moins les réunions elles-mêmes qui épuisent le père Benjamin que cette espèce de mensonge larvé qui l'oblige à toutes sortes de contorsions dès qu'il doit dire ou faire la moindre chose. Si je dis ci, Dupond va être vexé. Si je dis ça, Durand va se braquer... Or l'abbé est plutôt du genre entier. Et ce qui le fatigue encore plus, ce sont ces haines rentrées, ces jalousies déguisées en respectabilité.

Ce soir, lors de la réunion de l'EAL, la charité chrétienne avait des relents de siphon d'évier. D'habitude, les affrontements se font à fleurets mouchetés. Mais ce soir, l'animosité entre les clochers a pris des accents plus violents lorsqu'il a fallu désigner la personne qui représenterait la paroisse au grand rassemblement national de Lourdes sur l'évangélisation. Armand Delabuche, l'un des piliers d'un clocher périphérique, voulait procéder à un tirage au sort, tandis que le représentant du centre-ville, Arnaud Chanzy, plaidait pour un vote à main levée. Delabuche a craqué le premier : « De toute manière, vous, les gens de Saint-Germain, vous savez toujours mieux que tout le monde ce qu'il faut faire ! » Le débat s'est achevé en pugilat verbal, dans lequel toutes les rancœurs accumulées depuis des mois ont explosé.

Affalé dans son fauteuil, l'abbé Benjamin repasse dans sa tête le film de sa journée, en particulier cette dernière épreuve. C'est comme si son corps avait absorbé toute l'énergie négative de ces trois heures de réunion et que cette énergie allait le noyer, telle une muraille d'eau gigantesque. Il a un sentiment d'échec colossal, de gâchis monstrueux. Le contenu de son ministère est d'une médiocrité affligeante : il passe ses journées à régler des problèmes administratifs, à gérer des conflits ridicules. Il tente de se remémorer ne serait-ce qu'un moment où il a réalisé le rêve pour lequel il a choisi de devenir prêtre : sauver des âmes, ou du moins leur permettre de s'approcher toujours plus de Dieu. Mais c'est comme chercher un éléphant dans un ciboire. Il n'a aucun souvenir récent d'une occasion où il ait réellement servi à faire avancer le Royaume. Il n'en peut plus de cet asservissement à une structure à bout de souffle, qui tente de faire tenir debout un édifice lézardé. Oui, il faudrait tout repenser à partir d'une vision missionnaire, résolument évangélisatrice. Mais ses paroissiens préfèrent se déchirer pour des histoires d'ego, de fleurs, et de préséance.

Dans un dernier sursaut, il ouvre son bréviaire et marmonne la prière des complies, avant de s'effondrer sur son lit.

Chapitre 4

Les valeurs de la France

Il est une heure du matin, mais Enguerrand Guerre est encore devant son écran d'ordinateur. Il marmonne dans sa barbe, le menton agité de tics nerveux, les lèvres pincées : « Ce curé de merde va moins rigoler quand il va voir la tempête qui va lui tomber dessus ! » Sur l'écran, il fait défiler la liste de ceux qui ont signé la pétition qu'il a lancée contre l'abbé Bucquoy. Que reproche Enguerrand Guerre au curé de Sainte-Marie-aux-Fleurs ? Tout simplement de ne pas accorder suffisamment d'attention au combat qui est le centre de sa vie.

Depuis deux ans, ce quarantenaire s'est lancé dans la réhabilitation de la chapelle Sainte-Gudule, située dans la banlieue de Saint-Germain-la-Villeneuve. D'un point de vue architectural, Sainte-Gudule est une indigeste pâtisserie tentant de combiner les styles néo-roman et néo-byzantin. Elle se dresse au milieu de maisons individuelles quasiment identiques. Le contraste est aussi surréaliste que le serait une gondole vénitienne échouée dans le port de Concarneau.

Il faut avoir une bonne mémoire pour se souvenir que Sainte-Gudule s'est un jour trouvée au centre du parc acquis en 1891 avec la dot d'une novice par les Sœurs Brûlantes au Très Saint Tabernacle. C'était alors un lieu désert à la lisière de Saint-Germain-la-Villeneuve. Mais avec la pression urbaine, les religieuses ont vendu leur terrain par morceaux successifs et cent vingt-cinq ans plus tard, la chapelle est ceinturée de lotissements. En 2005, la mort dans l'âme, les sœurs – en voie d'extinction et regroupées dans un EHPAD – ont finalement vendu la chapelle à une pieuse donatrice. À son décès, les héritiers, faisant fi de la dimension religieuse du bâtiment, l'ont vendu à l'encan. Toufik Abdelnour, un Marocain installé dans un bourg voisin depuis vingt ans, l'a racheté dans l'idée de raser le bâti pour le remplacer par une maison. Enguerrand Guerre, qui habite pourtant à une centaine de kilomètres de là, a failli s'étrangler en lisant cette information dans le journal local. « La chapelle Sainte-Gudule, vendue ? Et en plus à un Arabe ? Je ne laisserai jamais faire ça ! »

Depuis dix-huit mois, Enguerrand milite donc tous azimuts pour sauver Sainte-Gudule de ce sort fatidique. Il a commencé par saisir les autorités civiles, qui lui ont opposé une indifférence courtoise. D'un point de vue juridique, Toufik Abdelnour a acheté le bien en toute légalité. Il aurait fallu éventuellement qu'on lui rachète le bien, mais le retraité marocain n'a nullement envie de le céder... De toute manière, Enguerrand n'en a pas les moyens.

Ses arguments en faveur du sauvetage de la chapelle sont trop faibles pour susciter l'élan de compassion nécessaire à une action d'envergure. Il lui semble délicat de mettre en avant sa passion raciste. Et puis, bien que cette prouesse byzantino-romane soit l'œuvre de son arrière-grand-père, Enguerrand Évariste Elphège Guerre, architecte de métier, lauréat du concours d'architecture sacrée de Milan en 1903, il est difficile de faire vibrer cette corde sentimentale et familiale avec les gens de la commune... La plupart n'éprouvent pour cette meringue effritée qu'une espèce de dégoût mêlé de pitié, comme lorsqu'il faut faire la bise à une arrière-grand-tante velue dans un hospice aux odeurs de camphre le jour du Nouvel An. Du temps où les religieuses animaient l'endroit, la chapelle n'était jamais, ou presque, ouverte au public. Les Saint-Germanois n'y ont jamais vécu d'événements familiaux : leurs baptêmes, premières communions, communions solennelles, professions de foi, mariages et enterrements avaient pour cadre l'église paroissiale, elle-même en mauvais état. C'est à peine si les plus âgés se souviennent que la chapelle a servi, jusqu'en 1966, de reposoir pour la procession de la Fête-Dieu. Elle était couverte de pétales de roses pour l'occasion. Las, à cause de l'humidité, les odorants pétales ont cédé la place à une sorte de moisissure verte qui se répand depuis le sol jusqu'au plafond, dans une odeur de benzène... Pire, de nombreuses lézardes se sont invitées sur ses murs à l'aspect fuligineux, ajoutant à la laideur congénitale de Sainte-Gudule. La plupart des habitants des alentours se demandent finalement quand la croulante va s'écrouler. Il faudrait une bagatelle de sept millions d'euros pour lui rendre sa splendeur des années 1900, selon les calculs d'Enguerrand... Un sondage aurait suffi à montrer que les riverains espèrent secrètement la prompte disparition de cette verrue disgracieuse. Son remplacement par un simple pavillon compléterait à merveille l'uniformité radieuse de leur petite banlieue.

Dépité par ses démarches auprès de la société laïque, Enguerrand s'accroche désormais, tel un roquet, à la soutane de l'Église. Il a inondé de courriers Mgr l'évêque, qui s'est contenté de lui répondre quelques molles et pieuses paroles. Il s'en est alors pris à Benjamin. Lorsqu'il a lu cette lettre d'un illustre inconnu lui demandant, dans un style ampoulé, de trouver dans les poches de ses paroissiens la bagatelle de sept millions d'euros pour redonner vie à une ruine fermée depuis dix ans, le curé a d'abord cru à un canular. Il a mis la lettre au panier, amusé de voir un fou dépenser autant d'énergie pour une entreprise aussi idéologique. Et avec quelle grandiloquence... Les arguments d'Enguerrand Guerre baignent dans une rhétorique pompeuse : « Honorons les racines chrétiennes de la France », « Réhabilitons un joyau de l'architecture d'antan », « Opposons-nous à la destruction de notre patrimoine », « Dans un monde marqué par un relativisme permanent, nous avons le devoir de témoigner de nos valeurs », « Offrons un repère spirituel à nos contemporains obsédés par l'hédonisme », etc.

Après une année de courriers venus garnir régulièrement la corbeille à papiers, Benjamin s'est laissé gagner par une forme d'indifférence désolée pour ce pauvre Guerre et ses vieilles pierres. « Encore un de ces catholiques qui semblent n'envisager la chrétienté que sous l'angle civilisationnel… » Ses soutiens se trouvent moins parmi les paroissiens réguliers que chez les baptisés qui ne mettent plus les pieds à l'église (sauf éventuellement portés sur les épaules de quatre gaillards en costume sombre, en position parallèle au plafond), chez qui la peur de l'autre et de l'étranger grandit. Ceux-ci entretiennent une régression sordide dans une culture catholique de refuge, cachée sous la bannière de « la défense des valeurs de notre civilisation pluriséeculaire ».

Or, le dernier mailing du zélateur de Sainte-Gudule a franchi une nouvelle étape : celle de la croisade anti-islam. Selon des sources « sûres, mais qu'il ne peut révéler sans porter dommage aux intérêts français », le pieux Guerre a averti les Saint-Germanois que Sainte-Gudule allait être rasée pour être transformée en mosquée. En lisant cela, Benjamin s'est tapé la tête d'indignation et de stupeur contre son bréviaire. C'est de la pure calomnie. Ces derniers mois, à force de recevoir les courriers enflammés d'Enguerrand, le curé a mené une discrète enquête. Une chose est certaine :

Toufik Abdelnour, l'acquéreur, agit uniquement dans son intérêt familial. L'histoire de la mosquée est donc une gigantesque invention destinée à susciter une polémique. Aussi Benjamin a-t-il envoyé illico un e-mail à Guerre, pour lui faire part de son indignation, en mettant en copie Sébastien Dufay, le rédacteur en chef du journal local, *L'Écho germanois*. Plutôt que de monter l'affaire en mayonnaise, celui-ci s'est contenté d'un entrefilet mettant sérieusement en doute les allégations de Guerre, au grand dam de ce dernier.

Mais Enguerrand n'a guère perdu qu'une bataille. Il y a vingt-quatre heures, il a contacté le site internet *La vraie information vraiment catholique*, réputé très efficace en matière de blitzkrieg numérique. En un rien de temps, le stratège du site lui a pondu un article doublé d'une pétition contre Benjamin, au bas de laquelle figurent déjà les noms de près de quatre cents signataires recrutés sur la toile à une vitesse éclair, en dépit de leur ignorance totale de la situation sur le terrain… L'appel est vif et net : « Nous, membres du comité de soutien pour la restauration de la chapelle Sainte-Gudule, exigeons du diocèse la démission du curé Bucquoy, qui, loin de soutenir les efforts des catholiques soucieux de protéger la France de l'islamisme, fait le jeu de ceux qui cherchent à liquider la chrétienté. »

Chapitre 5

Une lubie qui coûte cher

« Ouf ! Enfin un break ! » Ce matin, Benjamin prend le volant de sa voiture, non pas pour rendre visite à quelque paroissien isolé, mais simplement pour se faire du bien. Il prend une journée pour lui, direction Paris, où se trouve son confesseur, le père Maurice. Ce prêtre est un vieux religieux de quatre-vingts ans, un homme solide qui a traversé les tempêtes de l'après-Concile. Il a vu tant de confrères partir pour se marier ; « s'accomplir en tant qu'homme », comme ils disaient tous. Rien n'effraie ce vieux sage. Benjamin peut lui raconter ses combats quotidiens, et le reste, moins reluisant. Il finit toujours par se mettre à genoux pour se confesser, vide son sac et se relève en paix. Seulement, voilà, le père Maurice n'est plus très jeune : il a eu quelques alertes de santé assez inquiétantes. Benjamin se demande souvent ce qu'il fera sans ce confident hors pair.

Au volant de sa Twingo blanche, Benjamin se remémore sa semaine, pour mieux préparer son entrevue... Après la pétition d'Enguerrand Guerre, qui a éclaté avant-hier comme une bombe, il a immédiatement contacté Jean-Philippe pour lui demander de réagir. L'évêque a pris les choses avec plus de recul que lui : « C'est fou, les idées de Guerre sont partout chez nous, on croirait du Charles Maurras. Face à l'angoisse qui monte dans la société, certains cathos sociologiques se réfugient d'autant plus dans ce type de combat qu'ils n'ont pas d'enracinement dans la foi. Mais je crois que tu as fait une erreur en t'attaquant à lui par mail. Avec ce genre de dingue, il faut garder la tête froide, ne laisser aucun écrit qu'on puisse utiliser contre toi. Une fois de plus, tu t'es laissé emporter par ton caractère passionné, Benjamin... » Une fois de plus, donc, cette semaine, Mgr Vignon lui a reproché son manque de prudence et ses accès de colère. L'évêque lui a fait comprendre qu'il se serait bien dispensé d'une intervention médiatique. Mais il a pondu le même jour un communiqué de presse pour récuser toute possibilité de démission de l'abbé Bucquoy. Évidemment.

Il y a eu aussi ce coup de fil pénible d'Ildefonse Laporte, responsable d'un groupe monté sur le diocèse pour lutter contre l'idéologie sociétale issue de la loi Taubira… Ildefonse est très mobilisé contre tout ce qui menace la différence des sexes. Il milite également pour une éducation sexuelle traditionnelle. Il raconte volontiers que sa passion pour le respect de la morale sexuelle catholique lui vient de son saint patron, Ildefonso, un Espagnol du VIIe siècle, ardent défenseur de la pureté des mœurs face à une sexualité débridée. C'est du moins ce qu'affirme Victor Hugo dans sa *Légende de la nonne,* où il raconte comment Dieu punit une religieuse qui a fauté. Même s'il n'était pas un pilier de sacristie et qu'il est mort sans se confesser, Hugo sait raconter des histoires édifiantes… Dans la dernière strophe de sa *Légende,* il explique que saint Ildefonse imposait aux religieux de son ordre de méditer sur la punition divine endurée par la religieuse fautive, histoire qu'ils se tiennent à carreau. Bien plus tard, Georges Brassens a fait une chanson fameuse de cette affaire sulfureuse. C'était en 1956 : l'année où Ildefonse Laporte a été conçu par ses pieux parents.

Las, Ildefonse n'a pas l'humour de Brassens. Et il s'est un peu énervé, cette semaine. Il a relancé Benjamin sur le projet d'une formation anti-gender sur la paroisse de Saint-Germain-la-Villeneuve. Le gender, Benjamin abhorre. Mais il se demande si c'est réellement une urgence d'appeler à la croisade autour de ce thème quand des milliers de migrants crèvent en Méditerranée... Lorsqu'il a dit ça à Ildefonse, celui-ci lui a rétorqué sèchement : « De toute manière, vous vous refusez à soutenir la morale catholique. Au moment de la Manif pour tous, vous n'avez pas su mobiliser les gens en chaire. Et vous n'êtes pas venu manifester à Paris avec nous... » Benjamin est découragé. Il lui a déjà expliqué, à l'époque, qu'il ne voulait pas, en tant que pasteur de tous, envoyer un message négatif à ceux de la paroisse qu'il sait concernés, de près ou de loin, par l'homosexualité, même s'il désapprouvait la loi Taubira. Ildefonse n'a pas compris et ne comprendra probablement jamais, se dit sombrement Benjamin en enfournant sa carte de crédit dans la borne du péage de l'autoroute.

Dans le panier de cette semaine, il y a également eu cette autre explosion de colère avec la responsable de la liturgie. Dévouée corps et âme à ce secteur clé de la vie ecclésiale, Monique Bouchard tient le registre des lectures et choisit les chants de la messe dominicale. Pourtant, cette sexagénaire confondante de bonne volonté ne connaît pas vraiment la science liturgique, bien qu'elle ait suivi un stage de formation en 1976 avec une sommité de l'époque. Quarante ans plus tard, elle raconte avec exaltation qu'un prêtre avait alors célébré la messe avec un nez en plastique rouge pour faire sourire les gens. « Quelle idée superbe ! Nous devrions tous avoir des têtes de ressuscités à la messe ! » Les relations avec le curé n'ont pas manqué de se tendre lorsque Benjamin a imposé ses chasubles *vintage*, l'encens et les servants d'autel. Puis il s'est mis à critiquer les choix de chants de Monique, notamment il y a quelques mois, lors du dernier mercredi des Cendres, lorsque Monique a entonné en ouverture : « Je crois au Dieu qui chante, et qui fait chanter la vie ! »

Cette semaine, l'affrontement est monté d'un cran. Monique avait organisé une réunion avec les parents des enfants qui préparent leur première communion, en conviant le curé. Après son laïus sur la tenue vestimentaire des enfants pour la cérémonie, Monique a cédé la parole à Benjamin. Dans un raclement de gorge, celui-ci s'est lancé : « Chers parents, merci d'être venus si nombreux. Je vous félicite pour vos enfants. Pourtant, vous voilà face à une énorme responsabilité. Si vous avez choisi de venir ici, en effet, cela signifie avant tout que vous vous engagez à venir à la messe tous les dimanches, afin d'accompagner vos enfants. Je mesure à quel point cet engagement est courageux pour certains d'entre vous, qui n'en ont pas l'habitude. Il implique de plus d'autres engagements très importants, qui vous ont peut-être échappé, et que je souhaite vous rappeler. D'une part, venir à la messe pour recevoir le corps du Seigneur vous engage à vivre avec le Seigneur, c'est-à-dire à être en union avec lui toute la semaine, pas seulement pendant l'heure de la messe. C'est cette union que vous désirez vivre avec lui pendant la semaine, dans votre vie de famille et de travail, qui vous "autorise" à communier, si vous voulez. Vous vous engagez donc désormais à vivre le pardon et l'amour avec vos voisins, vos familiers, surtout au travail, et je sais combien c'est dur... Mais vous vous engagez à venir au Seigneur avec un cœur le plus pur possible. Je sais bien que c'est pratiquement impossible, mais le sacrement de la réconciliation nous remet en ordre de marche. Nous aussi, les prêtres, nous nous confessons, et pour nous non plus, ce n'est pas une partie de plaisir, je vous assure ! C'est important de le faire régulièrement. Vos enfants vont se confesser avant de recevoir le Seigneur pour la première fois, et ce serait bien que vous puissiez le faire vous aussi. Nous allons organiser une célébration pénitentielle à laquelle les enfants et les parents seront invités. Je demanderai à d'autres prêtres de venir. Même si le secret de la confession est absolu, c'est parfois plus facile d'aller voir un prêtre qu'on ne connaît pas et qu'on ne reverra pas. »

Les paroles du prêtre ont cloué de stupéfaction la petite assemblée. Après avoir aspiré une goulée d'air, Benjamin a repris : « Autre chose : je sais que certains d'entre vous ont des difficultés à croire que Jésus est réellement présent dans l'hostie… Je comprends cette difficulté. C'est loin d'être simple. Mais, pour parler franchement, je crois que la façon dont nous communions nous aide à croire, ou à ne pas croire. Je pense pour ma part qu'on a beaucoup banalisé l'eucharistie en communiant de manière un peu trop relâchée depuis une quarantaine d'années. On prend l'hostie dans ses mains, et on l'avale de façon distraite, en regardant dans le vide, comme un biscuit apéritif, tout en tournant les talons pour rejoindre sa place. Il me semble que ce n'est pas tout à fait ajusté. Attention, l'idée n'est pas de vous culpabiliser, mais de vous proposer autre chose, qui permettrait à certains de mieux comprendre la présence réelle du Seigneur dans l'hostie. Je vous propose d'offrir vos mains comme un trône, comme dit saint Cyrille de Jérusalem, et d'y recevoir le Seigneur. Ensuite, portez-le à votre bouche tout en le contemplant, vos yeux fixés sur lui, et vos deux mains toujours l'une sous l'autre. Je vous invite à lui dire dans votre cœur quelques mots d'amour, comme "Seigneur Jésus, je t'aime!", ou bien "Seigneur, sauve-moi!"... Ou d'autres mots que le Saint-Esprit vous inspirera à ce moment-là. Vous mangerez le Seigneur tout en le regardant dans l'hostie. Vous l'aurez ingéré de façon amoureuse et concentrée, c'est cela qui compte. Le pire, vous voyez, c'est de ne pas faire à fond les choses importantes. Et surtout, n'oubliez pas ce mot d'amour quand vous adorez le Seigneur en portant vos mains à votre bouche. C'est important... »

Benjamin s'est arrêté là. Un silence de plomb était tombé sur l'assistance. Monique leva la tête pour dire, d'une voix d'outre-tombe : « Bon, je crois que tout a été dit. Rendez-vous la semaine prochaine pour la finalisation technique. »

La salle se vida dans des chuchotements. Restée seule avec l'abbé, Monique sentit la colère monter en elle, telle une bouteille d'Orangina un peu trop secouée. « Mais vous êtes fou, avec vos idées! Vous nous avez déjà servi les enfants de chœur et l'encens à plein régime! Et maintenant, la confession obligatoire et les mots d'amour susurrés à l'hostie… C'est du romantisme de sacristie ! Où avez-vous été chercher ça ? Vous croyez vraiment que c'est dans l'esprit de Vatican II ? Il ne manquerait plus que vous nous demandiez de nous mettre à genoux, comme les intégristes ! »

Benjamin se trouva tout décontenancé. Jamais Monique n'avait explosé. Jusqu'à présent, elle avait toujours su se contenir. Cependant, il ne voyait pas pourquoi elle se sentait agressée personnellement.

Il reprit la parole : « Monique, ne vous mettez pas dans cet état-là. Je ne cherche pas à faire l'intégriste, je veux juste aider les gens à mettre plus de cohérence dans leur vie, dans leur pratique, vous comprenez… Je pense vraiment qu'on doit faire attention à la façon dont on fait les choses, intérieurement et extérieurement, car les deux choses sont liées. »

Benjamin n'eut pas le temps de finir : Monique se leva d'un bond et sortit.

Voilà toute l'histoire qu'il s'apprête à confier à l'oreille du père Maurice. A-t-il été péremptoire avec Monique ? A-t-il raté une bonne occasion de se taire en proposant la confession aux parents des premiers communiants ? Le vieux prêtre saura bien lui dire franchement ce qu'il en pense.

Chapitre 6

Un attentat bien ciblé

Depuis que l'abbé a annoncé qu'il organiserait une veillée de réconciliation avant la célébration de la première communion, c'est le branle-bas de combat dans la paroisse. Avec quelques amis, Monique a pris la tête de l'insurrection contre ce qu'elle qualifie de « dérive totalitaire » du curé : « Cette obsession du péché est insupportable ! On se croirait revenu à l'avant-Vatican II... Certes, les parents sont libres de participer ou pas à la célébration. Mais la plupart se sentiront obligés d'y aller. C'est une atteinte à leur liberté... » Elle est bien décidée à faire capoter l'affaire.

Benjamin, il est vrai, accorde une importance majeure à ce sacrement très délaissé, notamment par son prédécesseur qui ne jurait que par l'absolution collective annuelle… L'une des premières mesures du curé, à son arrivée, a été de réhabiliter un vieux confessionnal en bois, seul rescapé du grand nettoyage des années 1970, lorsque les «vieilleries» d'antan – statues de plâtre des saints, chasubles brodées et surplis à dentelle – ont disparu de l'église au nom de l'*aggiornamento* de Vatican II. Épargnée de cet élan purificateur, la boîte à péchés avait été transformée en placard fourre-tout dans lequel Mme Basile, la gouvernante du curé, entreposait ses balais, balayettes, pelles à poussière, chiffons et produits d'entretien en tous genres. En chaire, l'abbé avait justifié la réhabilitation du confessionnal d'un trait d'humour diversement apprécié par ses ouailles : « À partir de maintenant, c'est Jésus qui fera le ménage dans vos âmes ! » Benjamin avait expliqué que si c'étaient son oreille et son cœur qui faisaient le travail, c'était pourtant Jésus qui lavait les péchés en les pardonnant à travers lui. « Il se prend pour Jésus ! » s'était indignée Monique intérieurement.

Benjamin ne confesse pas systématiquement dans la boîte, mais il en propose l'usage dès qu'il peut. Les jeunes enfants sont fascinés par ce décorum si exotique. Le petit agenouilloir, la petite grille, les petits mots susurrés dans la pénombre. Ce parfum d'incongruité et de mystère, si éloigné de leurs jeux vidéo, rend le moment plus délectable que désagréable. L'abbé a rétabli des permanences régulières, deux fois par semaine. Mais en vérité, personne ne vient, et il passe des heures à dire son chapelet ou à lire quelque ouvrage de spiritualité, quand il ne se cure pas les ongles ou, plus technique, le nez. Certes, Benjamin aime cette odeur de cire d'abeille mêlée aux tenaces effluves de Miror et de lessive Saint-Marc qui demeurent depuis que les armes de Mme Basile ont trouvé leur place à la sacristie. Mais, au fond de lui, il voit ce qu'il y a de décourageant dans ces heures d'attente du chaland qui ne vient pas. À part quelques fidèles pieuses dames, il peine à attirer les cœurs qu'il rêve d'amener à Dieu. Sur le front de la conversion des âmes, c'est un vide intersidéral.

Le dimanche qui suit, à la fin de la grand-messe de onze heures, Monique harponne Benjamin à la sacristie, alors qu'il est en train de retirer sa chasuble : « Mon Père, votre idée de faire pression sur les gens pour qu'ils se confessent a créé l'émoi dans la paroisse. Voici une pétition signée par plusieurs d'entre nous. »

À peine Benjamin a-t-il entendu la fin de la phrase que Monique a tourné les talons. Il ouvre l'enveloppe et déplie rapidement une feuille pliée en quatre : « Cher Père, nous refusons votre obsession du péché qui va clairement à l'encontre de l'esprit de Vatican II, dont nous vivons depuis tant d'années. Nous rejetons la confession imposée aux parents des premiers communiants. Elle est abusive. » Une quarantaine de noms et de signatures sont apposés en bas de ce bref texte.

Benjamin n'est pas tellement surpris. Pendant la grand-messe, devant l'atmosphère de plomb qui régnait dans l'assemblée, il a compris de façon intuitive qu'il a sacrément compromis son autorité depuis quelques jours. Sa lubie a été perçue comme un oukase clérical. Quand il en a parlé au père Maurice, l'autre jour, celui-ci lui a laissé entendre qu'il s'agissait d'un excès de zèle pour le récurage des âmes, dont il aurait mieux fait de s'abstenir. Le confesseur de Benjamin s'est permis ce jugement car il est bien placé pour savoir que l'impétueux curé est atteint d'un mal qui affecte nombre de ses congénères : la tendance à l'autoritarisme, et même l'abus de pouvoir, pour peu que le stress s'en mêle… Mais Benjamin est bien trop fier pour admettre devant ses paroissiens qu'il a exagéré.

Le curé passe le dimanche après-midi à ruminer ce qui lui apparaît clairement comme *son* échec. Au fond de lui, il sait bien que cette affaire est la goutte qui fait déborder le vase de nombreux piliers de paroisse, qui n'en peuvent plus, depuis son arrivée, de ses innovations. On lui reproche parfois d'être un ultra. Radical, Benjamin l'est en effet face à certains trésors – tels que les sacrements – qui pour lui ne peuvent être bradés comme ces objets qui restent à la fin d'une foire à tout, lorsque le propriétaire fourgue sa dernière caisse au dernier venu pour un euro symbolique…

Le lendemain, lundi, les rangs sont clairsemés à la messe. Le mardi et le mercredi, il y a encore moins de monde. Le jeudi soir, à la messe de dix-huit heures, il se retrouve carrément tout seul… Un immense découragement l'envahit soudain, comme si tous les sentiments négatifs accumulés depuis son arrivée à la tête de la paroisse se déchargeaient en lui de façon irrésistible. Les digues patiemment construites par la prière semblent avoir rompu. Le prêtre s'enfonce dans une tristesse mêlée à un ressentiment colossal contre l'Église… Alternativement, il se répète : « Je n'y arriverai jamais. Ils sont irrécupérables » et « Je suis vraiment nul. » Il ne s'est jamais senti aussi malheureux.

Le soir est tombé sur ce pénible jeudi. Benjamin s'apprête à fermer l'église. D'habitude, avant la nuit, il aime vérifier, en bon capitaine, l'état de son navire, inspecter les espars avant le grand repos de l'obscurité… Il aime gratter les restes des cierges qui se sont écoulés devant sainte Thérèse, ou faire un peu de vide sur les tables où s'accumulent de vieux journaux. Une fois les portes fermées, il se pose devant le Saint Sacrement, dont la veilleuse pourpre est comme un fanal réconfortant dans la pénombre. Il reste de longues minutes à genoux sur la dalle froide, savourant ce moment, enfin seul avec Lui.

Ce soir-là, pourtant, la routine tourne au cauchemar. En passant devant le confessionnal, il sent une odeur suspecte. Pris de panique, il ouvre la porte : horreur ! Des excréments ont été dispersés sur le coussin qui recouvre le siège. Au-dessus se trouve punaisée une feuille de papier sur laquelle on peut lire en grands caractères écrits à la main : « Vous voulez qu'on vous raconte notre merde ? La voilà ! »

Chapitre 7

Un coup de poignard dans le dos

« Tu sais, je me suis senti souillé. Ce confessionnal, c'est un peu une extension de mon corps... Jamais je n'aurais cru qu'ils iraient jusque-là. » Un verre de vin rouge à la main, Benjamin vient de terminer de raconter sa terrible découverte à son cher confrère Julien Pottier, l'un des rares prêtres du diocèse qu'il considère comme un ami. Sitôt après avoir nettoyé le confessionnal, il l'a appelé pour lui raconter l'incident et savoir s'il pouvait passer chez lui pour décompresser un peu. Par chance, Julien était disponible.

Ce prêtre, plus jeune que Benjamin d'une quinzaine d'années, représente cette jeune génération de catholiques à la fois détendus et sûrs de leur foi, rayonnants et heureux de témoigner du Christ. Sa personnalité charismatique a inspiré à Mgr Vignon de le nommer responsable de l'évangélisation pour le diocèse. Durant sa formation, il s'était pourtant spécialisé, comme Benjamin, dans le domaine biblique, et à ce titre, ils ont échangé beaucoup de livres puisés dans leurs bibliothèques respectives. Julien a commencé une thèse sur le livre de Jérémie. Benjamin admire l'énergie et la sagesse qui attirent à ce collègue de nombreux jeunes en quête d'un accompagnement spirituel exigeant. Certes, Julien n'a pas le statut de curé, mais Benjamin lui envierait presque ce poste en dehors de la hiérarchie territoriale, où il n'a pas à régler les conflits entre les gens, où il échappe à la routine, en contact avec des réalités en mouvement et dynamiques. Il est aussi secrètement un peu jaloux de cette aisance avec laquelle Julien assume sa sensibilité liturgique, encore plus traditionnelle que la sienne. Il lui arrive même parfois d'endosser la soutane. Juste après son ordination, il y a vingt-cinq ans, Benjamin a pour sa part eu bien du mal à imposer son col romain. À cette époque, les signes extérieurs de prêtrise provoquaient un arrêt cardiaque chez certains catholiques. Il se dit souvent que ses jeunes collègues ne réalisent pas à quel point il est simple d'assumer leur identité par rapport au temps où il est sorti du séminaire, au milieu des années 1990. Et combien il est plus facile pour un jeune prêtre d'aujourd'hui d'assumer sa sensibilité personnelle. Pouvoir être soi-même, quel luxe !

Julien a tiré une bonne bouteille de sa cave et improvisé une quiche. Benjamin raconte ses dernières semaines particulièrement tendues, cette impression qu'il a de lutter contre les vents contraires… Il raconte l'altercation avec Évelyne et le recadrage de Mgr Vignon, les kleenex de Brigitte et la sciatique de Guillemette, les pétitions de Monique et d'Enguerrand, les coups de boutoir d'Ildefonse… Ce repas tout simple est tout bonnement providentiel pour le consoler. Au fond, Benjamin se demande si Julien n'est pas le seul à le comprendre vraiment. Après le dessert, Julien annonce d'une voix un peu timide : « Benjamin, je voulais t'apprendre que l'évêque m'a nommé professeur d'Écriture sainte au séminaire à partir de septembre. »

La nouvelle lui fait l'effet d'une lame de poignard entre les omoplates. Quoi ? le poste dont il rêve depuis des années lui échappe ? Quand son évêque l'a convoqué il y a une semaine, il s'est bien gardé de le lui dire… Quelle lâcheté ! Et quelle injustice !

Julien n'a même pas encore bouclé son doctorat, contrairement à lui.

Livide, Benjamin se lève d'un bond. Il empoigne sa veste et quitte brutalement le presbytère de son ami, sans un mot. Julien, sidéré, n'a pas le temps de réagir…. Dehors, la voiture démarre en trombe et s'évanouit dans la nuit.

Chapitre 8

Le bal des fantasmes

« Mon Dieu, quelle horreur ! » lâche Mme Basile en portant les mains à sa bouche dans un mouvement d'effroi. « Ce n'est pas possible ! » Elle relit, médusée, le carré de papier qu'elle vient d'extraire de l'enveloppe. La vieille gouvernante a pourtant bien lu ce qu'elle a lu… et reconnu l'écriture de son cher curé :

Je n'en peux plus.
Je préfère disparaître.
Père Benjamin

La panique l'envahit. Elle court dans la chambre du prêtre, qui lui semble plus vide que d'habitude. C'est elle qui fait le ménage et elle remarque immédiatement que le sac à dos n'est plus sur l'étagère, tout comme le bréviaire sur le bureau. Dans la salle de bains, il manque une ou deux serviettes, ainsi que la trousse de toilette. Dans la penderie, les chemises ont disparu, tout comme les caleçons et les chaussettes dans les tiroirs. Aucun doute, l'abbé est parti avec ses effets personnels. Sur la table de travail trônent le téléphone portable et le trousseau de clés, bien en évidence. Mme Basile jette un coup d'œil par la fenêtre : la voiture est sagement garée devant le presbytère. « Ça alors ! il a dû partir à pied... »

Il est huit heures du matin. Instinctivement, la vieille dame prend le téléphone et appelle la gendarmerie.

« Allô, j'écoute ? » Le brigadier-chef Isidore Dubief a décroché d'un geste machinal. Son visage luisant de sueur et festonné de couperose se crispe dans un rictus d'habitude propre à la constipation, qui est fréquente chez lui. « Quoi ? Le curé a disparu ! Il a laissé une lettre ? Bon, ne touchez à rien, j'arrive ! »

En reposant le combiné, Dubief répète, les yeux ébahis : « Le curé a disparu ! » La journée commence bien… Il était tranquillement en train de siroter le café du matin avec Jennifer Duploux, reporter à *L'Écho germanois*, la feuille de chou locale, et il préférerait largement continuer à deviser avec cette ravissante créature plutôt que de partir à la chasse au cureton. Le café du vendredi matin est le plus savoureux de la semaine. Jennifer passe systématiquement ce jour-là pour tâter l'ambiance, c'est-à-dire pour nourrir la rubrique des faits divers, dont elle a été chargée par le rédacteur en chef, Sébastien Dufay. La voilà qui bondit, surexcitée : « Quoi ? Le curé a disparu ? C'est un truc de fou ! Racontez-moi vite ! »

Le gendarme est bien obligé d'en dire davantage : « Sa gouvernante dit qu'il est parti cette nuit, apparemment. Il a laissé un mot disant qu'il en avait ras-le-bol, et qu'il disparaissait. Il est parti à pied, en plus ! Il n'a pris ni voiture, ni portable. Impossible de le géolocaliser, donc. Il n'a sans doute pas envie qu'on le piste, le malin. En tout cas, ça promet de sacrées emmerdes. La religion, c'est que des emmerdes, je vous dis ! Terminons notre café. »

Le brigadier-chef n'a pas le temps de replonger son énorme nez dans le gobelet en carton que Jennifer est déjà pendue à son téléphone. « Sébastien ! J'espère que le journal n'est pas parti chez l'imprimeur ? J'ai le scoop du siècle. Imagine-toi que le curé a fait une fugue ! Je te rappelle dès que je peux... »

Vingt-cinq minutes plus tard, le brigadier-chef Dubief franchit la porte du presbytère, suivi de près par Jennifer. Le presbytère bruisse comme une fourmilière, car la nouvelle de la disparition de l'abbé s'est répandue dans le bourg comme une gastro-entérite dans une école maternelle. Le pandore, avec la délicatesse qui le caractérise, lance à la cantonade : « Alors, m'sieur le curé s'est fait la belle ? J'espère qu'il est à la plage, et pas tout seul ! » Mais son trait d'esprit n'a pas plus d'effet que le souffle d'une carmélite dans un alcootest un jour de Carême.

Isidore Dubief a beau questionner, personne ne sait rien sur le mobile ou les circonstances de la troublante disparition. Chacun fourrage dans sa cervelle, en quête d'indices. Certains font même preuve d'une imagination furibonde. Mme Vasseur, l'infirmière, est formelle : revenue très tôt ce matin de sa tournée, elle a bien vu, dans son rétroviseur, l'abbé marcher sac au dos vers l'est. M. Boutroux, le patron du bar-tabac, a quant à lui reçu un appel de sa cousine qui affirme avoir reconnu l'infortuné curé sur un quai de gare au même moment, à cinquante kilomètres de là, mais à l'ouest.

Chacun gère l'angoisse comme il peut. À genoux dans l'église, Guillemette et Thibault récitent le chapelet avec leurs enfants devant la chapelle de la Vierge. Brigitte s'est installée sur l'ordinateur paroissial à la recherche d'une photographie de l'abbé pour diffuser un avis de recherche. Il faut le retrouver, et plutôt vif que mort. La crainte d'un suicide lui serre la gorge.

Stanislas, l'aîné des servants d'autel, débarque tout essoufflé au milieu du presbytère. « Je reviens de la sacristie. Le père Benjamin a dû partir sacrément chargé. Il a emporté son aube et une chasuble, la verte, car je ne la retrouve plus. Il a aussi raflé toute la réserve d'hosties, et toutes les bouteilles de vin de messe. Il manque un calice, une patène et une nappe d'autel. Et tous les cierges ont disparu ! »

« Le mystère s'épaissit, mais je me sens mieux, déclare Brigitte, soulagée. S'il a embarqué tout ce matériel, ce n'est pas pour aller se balancer du haut d'un pont, ou se jeter sous un train. »

Dès le début de l'après-midi, Jennifer sort son article sur le site de *L'Écho germanois*. Un vrai roman : le père Bucquoy aurait agi avec l'aide d'une complice, venue le chercher en voiture, de nuit, pour éviter qu'il ne soit repéré. Il s'agirait peut-être d'une amie avec laquelle il a des relations intimes...

Le rédacteur en chef, Sébastien Dufay, a gratifié la une du journal d'un titre croustillant : « Notre curé en cavale ». Le sous-titre résume l'affaire en ces termes : « Fatigué d'être curé, il a pris la route pour une nouvelle aventure. Nos révélations exclusives sur ce mystère. » De quoi bien titiller le chaland. Aucun doute, les ventes de son quotidien, un peu molles ces derniers temps, vont flamber. En se frottant les mains, il pense tout bas : Pourvu qu'on ne le retrouve pas tout de suite ! Il faudrait que le suspense dure quelques semaines pour que le chiffre d'affaires s'en ressente…

À la fin de l'après-midi, l'information a fait le tour de la France, dûment copiée et relayée par mille et un sites sur Internet. Les coups de fil de la presse pleuvent à l'évêché. Pas de chance, Mgr Vignon est parti en pèlerinage à Lourdes avec le mouvement des chrétiens retraités… Il est injoignable car son portable, une fois de plus, est déchargé… À l'évêché, sa secrétaire, sœur Marie-Joseph, manque de s'étrangler à chaque fois qu'elle a un journaliste au bout du fil. « Mais enfin, ça suffit. Puisque je vous dis que monseigneur n'est pas là ! »

« Mais où est-il donc passé ? se demande anxieusement Mme Basile juste avant de s'endormir, tout en laissant couler son dentier dans un verre où frétille un comprimé de Paxodent. C'est un brave prêtre. Je ne le vois pas se faire sauter la cervelle. Ni courir les filles. Il finira bien par revenir. À mon avis, ce n'est qu'une petite fugue… Sainte Vierge, ramenez-le-nous ! »

Chapitre 9

Une fuite au bout du monde

Benjamin ne parvenait pas à trouver le sommeil à la fin de ce jeudi de folie. Il s'était couché d'un bloc, mais sa colère ne le laissait pas en paix et il se retournait furieusement d'un bord à l'autre de son lit. La vision de Julien enseignant la Bible devant les séminaristes revenait comme une obsession. L'image cauchemardesque du confessionnal souillé le hantait… À deux heures du matin, il se leva d'un bond. La nuit enveloppait tout dans un épais silence. Il alluma la lumière de son bureau et commença à faire son sac. C'était décidé, il partait. Et il partait au bout du monde.

Il sortit dans le jardin du presbytère. Un immense jardin tout en longueur dont un lointain prédécesseur avait fait un paradis végétal. Benjamin aimait dire son chapelet en cheminant entre les bordures de buis, les rosiers et les arbres fruitiers. C'était un jardin de curé, un vrai, et le prêtre se disait souvent que ce havre était peut-être le seul à l'avoir accueilli inconditionnellement comme le patron de la paroisse. Maigre consolation… Le clair de lune offrait au lieu une atmosphère étrange et irréelle, plus douce qu'en plein jour.

Au fond du jardin, un mur s'élevait sur environ trois mètres de haut. Adossé au mur se trouvait une sorte de cabanon, à l'ombre des arbres touffus. À l'intérieur, se trouvait une pièce de quatre mètres sur trois, assez délabrée, dont une partie avait été transformée en douche, avec un lavabo et des WC. Benjamin avait découvert l'endroit il y a deux mois, et avait pris soin de n'en parler à personne. De manière assez providentielle, l'eau arrivait toujours au robinet et à la pomme de douche. La lumière pénétrait par une frise de pavés de verre qui courait sur le haut du mur. Fort de cette découverte, l'abbé était revenu faire discrètement le ménage. Il avait installé en catimini une chaise, un matelas de camping et une petite table et, de temps en temps, il venait s'y réfugier. Dans les moments où il broyait du noir, il caressait souvent l'idée de trouver un endroit où il pourrait fuir pour prier, se trouver face à Dieu seul, à l'abri des hommes. Et cette nuit, le cabanon s'était imposé comme une évidence. Oui, il allait disparaître là, au fond du jardin. Là où personne, c'était sûr, n'irait le chercher.

Au clair de la lune, Benjamin entreprit donc d'installer ses effets indispensables dans le cabanon, dans un va-et-vient de quelques minutes entre le presbytère et son ermitage clandestin. Il prit avec lui des vêtements, un bréviaire, quelques livres spirituels et sa Bible, puis se rendit discrètement à la sacristie pour aller chercher tout ce qu'il lui fallait pour dire la messe durant quelques semaines, dont le missel et les vêtements liturgiques… Il embarqua aussi quelques victuailles, une assiette, un verre et un couvert, son dentifrice et une serviette, sans oublier son inséparable opinel. Il trouva une place pour chaque chose, et put même accrocher l'aube, la chasuble et l'étole à une patère où jadis le jardinier accrochait ses frusques. Il mit les hosties à l'abri dans une boîte. Tout était bien.

Benjamin respira un grand coup et fit défiler mentalement la liste de tout ce dont il avait besoin, avec méthode. Non, il n'avait rien oublié de vital.

Restait à faire le plus important... Dans le cabanon, Benjamin avait repéré un tas de parpaings gisant dans un coin, ainsi qu'un sac de ciment, un seau et une truelle. Avait-on imaginé un jour agrandir ce lieu très humble qui, en réalité, menaçait plutôt de tomber en ruine ? Le prêtre retroussa ses manches. Il prépara le mortier, puis dégonda la porte qu'il avait huilée il y a deux mois lors de sa découverte. Il la déposa à l'extérieur, rentra à l'intérieur du cabanon et commença à empiler les parpaings, presque jusqu'en haut, où il laissa une fente. Il maîtrisait assez bien la maçonnerie : son oncle Henri lui en avait appris les gestes dans sa jeunesse. Il rinça le seau qui contenait le reste du mortier et jeta le tout dans les toilettes, où il tira la chasse deux fois de suite : une évacuation libératrice.

Voilà, la porte était murée. Benjamin alla se laver soigneusement les mains. Il déroula son duvet sur le matelas, se déshabilla, s'étendit enfin sur sa couche et écouta le silence. Un petit courant d'air circulait entre la mince fente laissée en haut de la porte transformée en mur et une bouche d'aération qui se trouvait dans le mur d'en face. Cette aération avait été aménagée, jadis, dans le mur du fond du cabanon qui clôturait le jardin et débouchait, de l'autre côté, sur une ruelle longeant la propriété. La petite ouverture était étrangement située à environ un mètre au-dessus du sol. Elle était juste assez grande pour passer une main, et restait la seule voie de communication avec l'extérieur.

Il régnait dans ce vieux cabanon désormais transformé en bunker d'opérette une odeur pénétrante, mélange d'humidité et de terre, que Benjamin aimait. Elle lui rappelait la maison de ses grands-parents, il y a bien longtemps.

« Bientôt, le ciment sera sec, se murmura Benjamin dans un souffle. Non seulement j'ai disparu de la circulation, mais j'ai fait mieux que ça : je me suis emmuré. » Puis il sombra dans un sommeil profond.

Chapitre 10

Un petit remontage de bretelles

« C'est une tragédie ! » lance Mgr Jean-Philippe Vignon, l'air grave. Un silence de mort règne dans la salle Saint-Joseph, à l'intérieur du presbytère. Autour de la table, il a réuni à huis clos les principaux acteurs de la paroisse. L'évêque, rentré de Lourdes en urgence samedi, fait face à une situation catastrophique. Il se moque bien que sa ligne de téléphone soit assiégée par les journalistes. Il est vert d'angoisse au sujet de son prêtre. Et sidéré par l'abattement qui a saisi ses ouailles. Il a donc réuni une cellule de crise.

« Résumons la situation. Nous sommes samedi soir. Votre curé a disparu depuis un jour et demi, presque deux, et nous ne disposons pas du moindre indice sur l'endroit où il peut se trouver. J'ai demandé au vicaire général de contacter sa famille ainsi que les autres prêtres du diocèse dont il est notoirement proche. Tous sont consternés et ne disposent pas du moindre indice sur son sort. La gendarmerie non plus. L'avis de recherche diffusé sur les réseaux nationaux n'a rien donné. Il se peut que votre curé soit tranquillement en train de bronzer sur une plage de Sicile, voire qu'il ne soit plus de ce monde, même si je ne crois pas tellement à cette hypothèse. Difficile d'imaginer que ce prêtre en vienne à ces extrémités… Mais on ne peut l'exclure non plus, car l'âme humaine est insondable. »

Mgr Vignon s'arrête, toussote, et reprend le fil de son propos : « L'abbé Bucquoy est un excellent prêtre. Je suis au courant des tensions qu'ont provoquées certains de ses propos et de ses initiatives. Il se peut qu'il ait été maladroit, qu'il soit allé au-delà d'une certaine bienséance verbale. Mais je sais aussi que certains, que je ne nommerai pas, l'ont accueilli d'une manière indigne d'une communauté chrétienne. Ils l'ont jugé sur les apparences. Il est vrai que le père Bucquoy affiche un certain classicisme en matière liturgique et doctrinale. Certains ont vu en lui un extrémiste. Je pense que c'est tout à fait faux. L'intégrisme n'est pas dans son tempérament. Pour le connaître très bien, je crois qu'il a avant tout le souci de vos âmes. Voilà une expression un peu désuète, je le concède. Mais cela explique tout ce qu'il vous a prêché sur la confession, sur le péché. Certains d'entre vous m'ont demandé, lorsque le père Pichon a pris sa retraite à quatre-vingts ans, de leur donner un prêtre plus dynamique, plus disponible. Je vous ai donc donné un curé de trente ans plus jeune que son prédécesseur. Voyez-vous, on ne peut pas changer ce qu'il est. La mayonnaise n'a pas pris avec vous, et c'est dommage. Je dis cela de manière globale, bien sûr, je ne vise personne en particulier… Mais quand je vois l'ambiance tendue qui règne ici, je me dis que les divisions et les manques de charité entre vous l'ont beaucoup affecté. Quoi qu'il en soit, il faut faire tout votre possible pour manifester à votre curé combien vous regrettez sa présence et votre souhait de le voir revenir, puis d'aller de l'avant avec lui. Le seul problème est qu'il nous est impossible de communiquer avec lui pour l'heure. Il n'a pas pris son téléphone. Mais il se peut qu'il consulte sa boîte mail, là où il est. Je propose que vous lui écriviez un courriel pour lui demander de revenir. »

Devant la mine consternée des édiles paroissiaux, Mgr Vignon reprend : « Demain matin, je viendrai célébrer la messe dominicale à sa place. Je vous recommande dorénavant la plus grande discrétion à l'égard des médias. Les fantasmagories des journalistes ont atteint des sommets ces derniers temps. Sachez qu'ensuite, je dois faire un travail colossal pour rétablir la vérité. Voilà. Je vous dis à demain. »

Après ce discours magistral, l'évêque se lève et rejoint la sortie. Derrière lui, les nez pointent vers le sol et les yeux s'évitent. La salle de réunion se vide sur fond sonore de reniflements et de chaises raclées sur le linoléum.

Le discours de Mgr Vignon a mis chacun devant ses responsabilités. Monique s'en veut d'avoir aggravé la situation avec sa pétition agressive sur l'absolution collective. Guillemette se reproche de ne pas avoir assez soutenu son curé, de l'avoir idéalisé sans déceler ses fragilités. Ildefonse regrette ses propos outranciers.

Plus loin, à Paris, le père Maurice est sous le choc : il vient de tomber sur un article du *Monde* consacré à Benjamin. Il n'en croit pas ses yeux et s'exclame, sidéré. « J'étais sûr que tout ça finirait mal ! » Soudain, une intense douleur le traverse de part en part. Il a tout juste le réflexe d'appuyer sur le bouton qui déclenche une alerte dans un centre de secours. C'est Benjamin qui a réussi à lui faire accepter ce dispositif, venant à bout des résistances du vieux prêtre après d'interminables tractations. Le vieux père a longtemps lutté contre la sollicitude filiale de son jeune confrère en répétant : « Je suis entre les mains de Dieu. Que veux-tu qu'il m'arrive ? » Mais cette fois, c'est bel et bien un infarctus qui le terrasse.

Chapitre 11

Une voix venue de l'Au-delà ?

« Seigneur, que ma carcasse me fait mal ! Mais tant qu'on est encore de ce bas monde, il faut grimper sur ses jambes. Tant pis pour les douleurs ! C'est quand on ne bouge plus qu'on meurt… » Marguerite s'est levée très tôt ce dimanche, comme tous les matins. Chaque aube que Dieu fait, la fragile nonagénaire fait son petit tour dans le bourg de Saint-Germain-la-Villeneuve. Elle aime arpenter sa petite ville avant l'animation trépidante de la journée. « Vrai, ça me rappelle les années de guerre, du temps où y'avait pas toutes ces autos qui sortent de partout », se dit-elle pour se motiver.

Le dimanche, elle fait un tour plus long. Son parcours la mène sur le chemin des Oubliés, une ruelle interminable, à l'ombre des grands arbres du jardin du presbytère. Les voitures n'y roulent pas, c'est trop étroit. Marguerite a toujours un petit frisson quand elle passe là. Comme si un beau jour, dans cette venelle un peu sombre, elle pouvait rencontrer le loup. Ou le prince charmant…

Dure à la tâche, Marguerite a eu une vie rude. Fille-mère à dix-huit ans, engrossée par le métayer, elle a dû fuir la campagne pour aller vivre en ville. Elle a élevé son fils sans l'aide de personne, en travaillant à l'usine. Son bébé est mort dans un bombardement, en 1944, et elle s'est retrouvée seule. Elle a vécu près de soixante-dix ans célibataire. Aucun prince charmant n'est venu l'enlever à sa solitude.

La voilà au mitan de la venelle silencieuse, justement. Soudain, elle entend dans les airs une mélopée masculine, comme le son d'une nappe qui sécherait au vent, flottant sur sa corde. « Béni soit le Seigneur, le Dieu d'Israël, qui visite et rachète son peuple ! » Marguerite s'arrête, interloquée. Cette voix qui vient et qui revient, comme un ressac de bord de mer, elle la connaît ! Intriguée, la vieille dame l'interpelle de sa voix rauque : « Je suis Marguerite Reffray. Et vous, qui êtes-vous ? » Après un bref silence, la voix lui répond : « C'est moi, c'est l'abbé Benjamin. » Marguerite ne comprend pas d'où vient cette voix mystérieuse. Le soleil est encore bas et elle n'y voit rien dans la pénombre.

« J'ai failli croire que vous chantiez depuis le Paradis, m'sieur le curé ! Vous avez une si belle voix. Quand je vous entends le dimanche à la messe, j'ai l'impression d'entendre le chœur et les anges du Ciel.

– Vous êtes trop gentille, Marguerite. C'est vrai que l'endroit depuis lequel je vous parle est un véritable paradis. Je peux enfin me reposer ! Cela fait un bien fou. Là, vous voyez, je suis en train de chanter la gloire de Dieu.

– C'est beau, mon Père. J'voudrais pas vous embêter. Je continue mon chemin, sinon mes jambes vont se refroidir. »

Marguerite continue sa course. Elle perd la tête, ça oui ! On ne cesse de lui dire sur tous les tons, particulièrement ces derniers temps. Elle a également perdu un peu sa bonne vue, mais ses oreilles fonctionnent parfaitement… C'est bien la voix du curé qu'elle a entendue, là, sur le chemin des Oubliés. Bon, elle ne l'a pas vu, c'est sûr. Mais elle n'a pas rêvé, tout de même…

Marguerite rentre chez elle sur le coup de sept heures et demie. Elle aime bien se remettre au lit,

« chaudailler » comme disait sa grand-mère pour décrire la grasse matinée dominicale... Jadis, il fallait aller bien tôt à la messe, mais de nos jours, elle est à onze heures. Elle sera bien aise, cette fois, d'aller serrer la main de monsieur le curé à la sortie pour le remercier de sa belle voix. Mais la voilà qui se reprend : « C'est tout de même étrange qu'il m'ait parlé depuis le Ciel. »

Peu avant onze heures, elle se rend à l'église. « Eh bien ! une fois de plus, quelle agitation ! » Et puis tous ces gens qui ont l'air si triste et qui murmurent entre eux... Marguerite a l'habitude de se mettre dans son petit coin. Plantée sur sa chaise, elle appuie les deux mains sur sa canne et attend le début de la procession d'entrée.

L'orgue entonne le premier chant. Tiens ! monsieur l'abbé n'est pas là, c'est un prêtre qui porte une mitre. « Ouh, ça doit être monseigneur ! se dit Marguerite. C'est gentil, ça. J'imagine qu'il remplace le curé qui a dû partir en vacances. Mais c'est vrai, l'abbé n'est pas en vacances, il m'a dit tout à l'heure qu'il est en Paradis. » Marguerite s'arrête, toute perplexe. Elle n'ose aller plus loin dans ses déductions.

Signe que ses oreilles sont excellentes en dépit de son grand âge, Marguerite entend nettement l'évêque commencer son sermon : « Chers amis, notre cœur est lourd depuis la disparition de notre curé. Il s'en est allé, mais il ne faut pas que le regret et les larmes prennent le pas sur la raison et l'espérance. Voilà pourquoi j'ai tenu à le remplacer auprès de vous ce matin, pour vous rappeler qu'il faut espérer toujours… »

Marguerite a le souffle coupé. Elle a enfin compris la situation. L'abbé a dû mourir cette semaine de façon inattendue. Comme elle ne voit personne et ne lit pas les journaux, elle ne savait pas… et ne pouvait pas savoir. Elle comprend enfin pourquoi les gens ont l'air si abattu. Soudain, elle se sent envahie par une force inouïe. Elle, si timide, se met à hurler d'une voix proche de celle d'un cochon qu'on égorge : « L'abbé est vivant ! L'abbé est vivant ! Il est en Paradis ! »

L'assemblée se retourne d'un coup et l'évêque s'interrompt net. Une bonne âme s'approche de lui et lui glisse tout bas. « Je vous en prie, continuez, monseigneur. Ce n'est rien, c'est une pauvre vieille qui délire, nous allons la calmer ! » Un murmure se propage autour de Marguerite, toute pantelante. Face à elle, une dizaine de paroissiens lui font les gros yeux. Elle se tait aussitôt et laisse monseigneur terminer son sermon.

Mais à la fin de la messe, la voici à nouveau au centre de l'attention. En larmes, elle répète en boucle la même phrase. « L'abbé est vivant ! Il est en Paradis ! Voilà ce qu'il m'a dit ce matin : "Ici, c'est le paradis. Je me repose enfin. Je chante la gloire de Dieu." » Les propos de la vieille dame produisent un effet contrasté. Guillemette s'exclame : « C'est peut-être la preuve qu'il n'est plus de ce monde. Pauvre abbé ! Que lui est-il arrivé ? » D'autres, au contraire, sont catégoriques : « Ce serait insensé de croire aux fadaises de cette bonne femme. Il serait temps qu'on la place à l'asile. C'est terrible : à force de vivre seule, elle a perdu la raison. »

Marguerite finit par rentrer chez elle, le cœur déchiré. Personne ne l'a vraiment écoutée. Sur le chemin, elle fait un crochet chez sa voisine, Mado. Elles ne sont pas vraiment de proches amies, non… Mais elles se donnent des coups de main. Mado non plus n'a pas eu une vie facile. Elle a l'âge d'être sa fille et elle vit seule. Elle saura lui remonter un peu le moral, un petit verre de Byrrh à la clé. L'avantage est que Mado ne va pas à la messe, et n'a donc pas assisté à cette scène lamentable dont Marguerite a terriblement honte rétrospectivement. Interrompre monseigneur en chaire doit constituer un péché mortel, c'est évident.

« Mado, écoutez un peu ce qui m'arrive… » La vieillarde déroule son récit, devant les yeux écarquillés de sa voisine. À la fin, Mado lui pose cette question : « C'était où, exactement, cette voix venue du Ciel ? Le chemin des Oubliés, c'est par où ? » Puis elle conclut, un sourire aux lèvres : « Madame Marguerite, en voilà des émotions. Je vous garde à déjeuner et hop ! après ça, je vous mets au lit pour une bonne sieste. »

Quelques heures plus tard, alors que Marguerite s'offre un roupillon salutaire, Mado réfléchit, le menton entre les mains. Elle est vraiment troublée. Elle a appris il y a quarante-huit heures, en lisant le journal, que le curé a disparu. Elle ne croit plus à l'Église, ça c'est sûr. Mais tout de même, ce curé avait l'air sympathique. Un jour, elle l'avait croisé sur le marché. Il lui avait fait un sourire. Il était beau.

C'est vrai que Marguerite n'est plus toute jeune. Mais, pendant le déjeuner, Mado a bien vu qu'elle avait toute sa tête. Elle n'est pas non plus du genre à avoir des voix : elle a les pieds sur terre ! Et si tout ce qu'elle avait raconté était vrai ?

Chapitre 12

Une femme toute retournée

La cloche vient de sonner sept heures du soir. Mado se glisse, incognito, dans le chemin des Oubliés. La ruelle est étroite et très ombragée. Elle n'est jamais passée par là auparavant. Le sol est en terre battue, envahie de feuilles mortes de l'automne précédent. « Mais que fait la voirie ? Avec tous les impôts qu'on paie, quand même ! » Marguerite affirme avoir entendu la voix au mitan de la venelle, qui lui semble interminable. Parvenue à cet endroit précis, elle se risque à appeler :

« Monsieur le curé ? Monsieur le curé, êtes-vous là ? »

Elle répète encore plus fort. Une voix répond, dans un son d'écho étouffé :

« Oui, je suis ici. »

Mado jubile intérieurement : la vieille Marguerite n'a donc pas perdu la tête !

« Mais où êtes-vous donc ? Je ne vous vois pas !

– Je suis dans le mur.

– Dans le mur ? Mais lequel ?

– Celui qui est là, le mur du presbytère.

– Ah oui, je comprends, votre voix vient de là, mais elle est étouffée.

– Penchez-vous un peu, il y a une petite ouverture, si vous pouvez la voir. »

En se baissant, Mado distingue effectivement une petite anfractuosité, à un mètre au-dessus du sol. Elle s'accroupit, mais ne peut se pencher en avant : elle se remet tout juste d'un lumbago.

« C'est bien vous, monsieur le curé ? Mais vous savez que tout le monde vous cherche ! Voilà trois jours qu'on vous tient pour disparu. Qu'est-ce que vous fichez là ?

– Je me suis emmuré, c'est tout.

– Quoi ? Emmuré ! Dans le mur du presbytère ? Ma parole ! je rêve... À la paroisse, à la gendarmerie, partout, tout le monde remue ciel et terre pour vous retrouver. Certains vous croient mort, ou parti convoler avec une copine. La vieille

Marguerite, ma voisine, est passée ce matin par ici. Elle a affirmé publiquement, en pleine messe, qu'elle avait entendu votre voix, que vous lui parliez du haut du Ciel, depuis le Paradis ! »

Un rire retentit derrière le petit orifice. Une vieille dame familière du surnaturel ne peut pas interpréter autrement l'affaire, pense Benjamin, amusé en se figurant Marguerite racontant tout cela.

« Il y a eu un quiproquo. Marguerite m'a dit que je chantais comme les anges au Paradis. Je lui ai répondu que c'était comme si j'y étais.

– Mais comment pouvez-vous être à l'aise derrière ce mur, tout coincé ? Vous êtes dérangé ou quoi ?

– Oui, si on veut. J'ai décidé de quitter la paroisse. J'ai craqué, je n'en pouvais plus. C'était ça ou me faire du mal. Je me suis protégé, en quelque sorte.

– Vous vouliez vous tuer ?

– Non, pas vraiment. Mais c'est arrivé à d'autres. Parfois, quand on est envahi par le désespoir, on perd tous ses repères, toute sa lucidité, et on peut faire n'importe quoi.

– S'emmurer, c'est n'importe quoi, effectivement ! Et tous ces gens qui vous cherchent ! Les paroissiens, les gendarmes, les journalistes locaux, la presse de France et de Navarre… Tout le monde est sur le pied de guerre. »

Benjamin rit à nouveau. Jamais il n'aurait imaginé susciter à ce point l'attention des journalistes. Lui qui arrive à peine à faire passer les horaires des messes dans la feuille de chou locale !

« C'est pas le tout, monsieur le curé. Je suis venue parce que je ne voulais pas laisser courir le bruit que Marguerite est devenue sénile, comme certains l'ont cru ce matin. Je dois bien être la seule à avoir écouté son affaire en la prenant au sérieux. Pauvre femme, je vais tout lui expliquer ! Elle sera drôlement soulagée. En tout cas, ce qui lui est arrivé ne me donne pas envie de retourner à l'église. Je ne vois que des gens au cœur dur là-bas. Vous savez, j'ai fait ma communion et tout le saint-frusquin quand j'étais petite. Enfin ! de toute façon, j'ai perdu la foi. J'ai eu trop de malheurs, et, pour dire vrai, j'ose pas trop parler à Dieu… »

Instinctivement, et surtout pour soulager ses chevilles et son dos à force de se baisser en direction de l'ouverture dans le mur donnant sur la cellule du reclus, Mado s'est mise à genoux. Elle sent la présence magnétique de l'homme caché derrière le mur, comme une grande éponge de silence qui absorbe ses paroles. Poussée par une soudaine inspiration, elle déballe tout. Elle raconte qu'elle s'est installée à Saint-Germain il y a cinq ans pour s'occuper de sa mère très vieillissante. Celle-ci est partie très rapidement. Elle a hérité de sa maison, un peu délabrée, et s'y est installée. Ici, personne ne sait quelle a été sa vie. Et ça vaut mieux comme ça ! Mado a habité Paris durant trente-cinq ans, et là-bas… elle a vécu de son corps. La prostitution. À soixante-dix ans bien tassés, cela fait bien douze ou quinze ans qu'elle ne pratique plus. Elle a fini par gagner sa vie en faisant les marchés, grâce à des amis qui l'ont tirée du trottoir. Aujourd'hui, elle survit grâce à une retraite minuscule. Heureusement que sa mère lui a laissé un petit pécule.

Mado n'en revient pas de s'être entendue dérouler son histoire à un inconnu, aussi simplement. Elle en a tellement honte, en fait.

« Ça me fait drôle de vous dire tout ça. J'ai toujours évité les curés… Je savais qu'ils me feraient la morale. Et puis ce sont des bourgeois, ils se fichent bien des petites gens.

– Je ne suis pas là pour vous condamner. Si vous avez un sincère regret de ce que vous avez fait de moche, il suffit de le dire, et de vider tout ce que vous avez sur le cœur. Cela restera uniquement entre vous et Dieu, je ne fais que faire le lien. Cela s'appelle la confession. Je dois garder le secret absolu sur tout ce que vous me direz. Allez-y, ayez confiance en Lui. Il vous aime tellement. Il vous attend depuis si longtemps. Il ne demande qu'à vous serrer dans ses bras. »

À ces mots, Benjamin est lui aussi tombé à genoux, naturellement. Mado sent comme un couvercle de peur et de honte se soulever sous l'effet de ces dernières paroles. Ses mots coulent comme un fleuve, ses larmes aussi. Elle évoque tout : les passes sordides, les tractations répugnantes acceptées juste pour avoir un peu plus dans le porte-monnaie afin de rembourser ses dettes, sa haine envers ses souteneurs. Ses deux avortements. Et tous ses mensonges pour cacher son activité, ses ruses pour donner le change devant ses parents. Son désespoir aussi, et sa colère contre Dieu, qui lui a fait cette vie-là. En lâchant ce flot charriant ordures et blessures, c'est comme si elle déversait les déchets de sa vie brisée dans le corps d'un homme. L'inverse de ce qu'elle a vécu à des milliers de reprises, quand ils venaient se soulager en elle… Lorsqu'elle a tout livré, Mado se tait. Un grand silence se fait.

« Madame, soyez bien en paix. Faites confiance au Seigneur. Il accepte votre vie telle qu'elle est. Oubliez tous ces péchés en Dieu, déposez tout entre les mains de Jésus, laissez-le faire des miracles en vous, et d'abord, celui de la paix restaurée. Cessez de vous agiter dans la culpabilité. Considérez que vous êtes sous anesthésie. Comme si vous étiez un petit enfant qu'on doit opérer d'une maladie grave. S'il gigote, s'il bouge, le chirurgien ne peut rien faire. Alors que, s'il se laisse endormir, il peut être opéré. Donc, madame, laissez-vous anesthésier par Jésus, c'est-à-dire : cessez de juger votre passé. C'est important pour que Jésus puisse agir sur vos plaies, guérir vos blessures. Pour qu'il vous donne sa paix... »

Benjamin n'en revient pas d'avoir dit tout cela. Ces mots lui sont venus de plus loin que lui, comme souvent quand il confesse. Il ajoute :

« Je vous demande de poser un geste qui sera le signe de votre pénitence. Vous irez à la messe dès demain, et vous pourrez communier. Chaque jour, pendant neuf jours, vous prendrez un temps de prière devant le Saint Sacrement, c'est-à-dire le corps du Seigneur conservé dans l'église, là où brûle une petite lumière rouge. Maintenant, répétez après moi l'acte de contrition. Et ensuite, je vous donnerai l'absolution. À travers moi, c'est Jésus Christ lui-même qui vous déliera de tout péché, et qui vous pardonnera totalement. »

Après un silence, le prêtre entonne, d'une voix lente et concentrée : « Mon Dieu, j'ai un très grand regret de t'avoir offensé, parce que tu es infiniment bon, infiniment aimable, et que le péché te déplaît. Je prends la ferme résolution, avec le secours de ta grâce, de ne plus t'offenser et de faire pénitence... »

Mado répète, soigneusement, chaque morceau de phrase. Alors, l'ancienne prostituée entend le prêtre prononcer des mots qu'elle n'avait plus entendus depuis son enfance :

« Que Dieu notre Père vous montre sa miséricorde ! Par la mort et la résurrection de son Fils, il a réconcilié le monde avec lui, et il a envoyé l'Esprit Saint pour la rémission des péchés. Par le ministère de l'Église, qu'il vous donne le pardon et la paix. Et moi, au nom du Père, et du Fils, et du Saint-Esprit, je vous pardonne tous vos péchés. »

Mado se relève enfin. Elle ne sent pas ses genoux endoloris. Tout s'est déroulé comme dans un rêve. Elle est là, debout. De l'autre côté du mur, elle perçoit nettement la présence magnétique de l'homme à qui elle a livré son intimité. Benjamin est resté à genoux, il prie silencieusement. Elle ressent physiquement la paix de ce prêtre, qui traverse le mur comme des rayons. Dans sa vie passée, un homme silencieux à côté d'elle, c'était plutôt un client qui s'affalait après l'orgasme, pendant qu'elle tentait de rassembler les émotions qu'elle avait mises entre parenthèses le temps du travail «technique».

C'est alors que se produit le miracle: en l'espace de quelques secondes, Mado se sent soudain complètement purifiée de son passé. Une onde de douceur coule en elle, empreinte de pardon et d'amour, et comme venue d'une houle très lointaine. Ce pardon et cet amour, elle s'autorise à les recevoir en elle. Elle laisse entrer la miséricorde de Dieu, qui commence toujours par la miséricorde accueillie pour soi-même, en dépit de sa misère la plus crasse.

Il fait encore bien jour lorsqu'elle débouche de la ruelle sombre sur la grand-rue. Soudain, elle entend sonner huit heures au clocher de l'église. La petite ville est déserte, tout le monde est en train de dîner. Pour rentrer chez elle, elle doit passer par la place de la République, où se trouve le siège du journal local. Tiens, il y a de la lumière. En ce dimanche soir, ils sont sans doute en train de boucler...

Déterminée, Mado pousse la porte de *L'Écho germanois*. Elle aperçoit une jeune femme rivée à un écran. «Mademoiselle, excusez-moi de vous déranger. Je m'appelle Madeleine. J'ai vu le curé! Il est vivant!»

Chapitre 13

Une étrange mode médiévale

Après que Mado a quitté les locaux de la rédaction, Jennifer appelle immédiatement son chef, Sébastien Dufay. Elle lui résume le scoop du soir. L'affaire est cocasse, fait remarquer Sébastien, quand on sait que depuis vendredi matin, paroissiens et gendarmes croient le curé à l'autre bout du monde. Il est formel : c'est la « meilleure *story* » qu'il ait entendue depuis longtemps. Il la veut dans l'édition de demain, coûte que coûte. « J'appelle l'imprimeur pour retarder le bouclage. Je te donne deux pages, à rendre dans la nuit. Tu me fais une interview du père Bucquoy, il doit tout te dire des raisons qui l'ont amené à faire un truc aussi dingue !... »

Immédiatement, Jennifer court vers le chemin des Oubliés. Il fait encore jour en cette soirée de début juin. Elle lance très fort : « Père Benjamin, êtes-vous là ? » Il lui répond et commence à converser avec elle. Elle glisse son smartphone dans le trou d'aération et active l'enregistrement vocal.

Quatre heures plus tard, l'article est achevé. Jennifer ajoute une introduction pour raconter sa découverte. Puisque Mado lui a demandé de garder le silence à son sujet, elle laisse croire qu'elle a débusqué le curé toute seule, comme une grande... Ce sera bon pour sa carrière.

```
) Pourquoi vous êtes-vous enfermé derrière
ce mur ?
Benjamin Bucquoy : J'ai craqué jeudi soir.
Il s'est passé des choses difficiles dans
ma vie de prêtre. Pas d'histoire de sexe
comme les gens aiment, non, ce n'est pas
ça. Désolé de vous décevoir... Je ne veux pas
entrer dans les détails, mais c'est vrai que
j'ai craqué. J'ai décidé de partir très loin.
Le plus simple, pensais-je, était de dispa-
raître sans laisser d'indices. Je ne voulais
pas qu'on me piste. Je savais que ce cabanon
```

était oublié. Je savais que tôt ou tard, on me retrouverait. Je dois avouer que dans un premier temps je me suis amusé de savoir qu'on allait me chercher en vain. C'est une sorte de vengeance, dont je demande pardon à tout le monde, et surtout à mes proches qui ont dû sacrément s'inquiéter.

❱ Mais pourquoi avoir choisi de vous emmurer ? C'est terrible…

B.B. : Oui, on pourrait le penser. J'ai effectivement muré la porte d'entrée avec des parpaings, en laissant passer un filet d'air, tout en haut, pour respirer. C'est une façon d'empêcher qu'on me reprenne, c'est un symbole. C'est d'abord le symbole de l'enfermement dans lequel je me suis retrouvé au bout de deux ans comme curé ici. J'ai eu l'impression que tout ce que je voulais faire, avec la meilleure volonté du monde, se heurtait à un mur invisible. C'est paradoxal : je me suis emmuré, mais j'étouffais terriblement, ces derniers mois, comme curé.

❱ N'est-ce pas là une forme de défaitisme, un abandon de poste, alors que les catholiques ont besoin de vous ?

B.B. : On peut effectivement voir les choses comme ça. Mais justement, en restant symboliquement sur le territoire du presbytère, enfermé dans ces murs, je veux exprimer le paradoxe suivant : j'ai fui, oui… Mais ce n'est pas un abandon de poste, ce n'est pas le capitaine qui abandonne le navire. Je reste curé de la paroisse, et en même temps, je me situe à la périphérie. Depuis que je suis là, j'ai rencontré deux personnes avec qui je n'avais jamais discuté auparavant, dont vous-même, qui sont des gens qui ne viennent pas à la messe. Alors, ce n'est pas si mal. Et ça va continuer encore, j'espère.

❯ Que voulez-vous dire?

B.B. : Disons que je renoue avec une tradition très ancienne de l'Église catholique. Jadis, au Moyen Âge, des mystiques s'emmuraient littéralement, souvent dans des parois d'églises, et communiquaient avec l'extérieur par de petits orifices percés dans la muraille. Je pense à Julienne de Norwich, en Angleterre, ou Colette de Corbie, en France. Il s'agissait surtout de femmes, d'ailleurs. Les gens venaient leur parler, leur apporter à manger. Cette réclusion leur permettait, paradoxalement, d'entrer en contact avec des gens qui ne seraient peut-être pas allés voir le clergé. Cela leur donnait de rester vraiment centrés sur la prière. Ils priaient pour le monde. Personnellement, je crois que je ne prie pas assez et c'est parce que j'ai failli à mes rendez-vous de prière que j'ai craqué, jeudi dernier. Quand on n'entretient pas ses digues, elles se fissurent et cèdent quand surviennent la tempête et l'inondation de ce qui est négatif. Je veux donc me recentrer sur mon ministère de prêtre, sur le fond des choses.

> **C'est-à-dire ?**

B.B. : Le fond des choses, c'est que le prêtre se situe entre les hommes et Dieu. Prier et intercéder pour les gens est aussi important pour lui que de faire mille choses avec eux ou pour eux. Je voudrais être curé d'une manière différente, qu'il va falloir inventer avec les paroissiens. Je sais, c'est bizarre : je ne peux pas aller vers les gens, et c'est désormais à eux de venir vers moi. Mais ce n'est pas plus mal. Vous savez, les gens prennent leur curé comme une sorte d'homme à tout faire. Oui, le prêtre est au service de ses paroissiens, mais le risque est de tomber dans une forme d'activisme où on oublie ce pourquoi le prêtre est là : pour témoigner du Christ et de sa présence au milieu des hommes. C'est une mission de l'ordre d'un sacrement. Or, nous, les prêtres, nous nous épuisons dans des réunions qui souvent ne servent pas à grand-chose, on nous demande d'appliquer tout un tas de directives. On passe notre temps sur les routes, à célébrer parfois des sacrements pour des gens qui, au fond, ne veulent pas changer de vie, mais juste se sentir en règle avec un Dieu magique. Je veux cesser de m'éreinter dans mille tâches qui ne relèvent pas directement du sacerdoce. C'est peut-être un rêve, mais je veux le tenter.

Chapitre 14

Une vérité qui fait mal

Depuis qu'il a appris la disparition de Benjamin, Jean-Philippe Vignon ne cesse de trembler intérieurement, en dépit de sa force de caractère. Chaque fois que le téléphone retentit, il redoute une voix qui lui annoncerait, blanche et grave : « Bonjour, ici la gendarmerie, nous avons retrouvé le corps sans vie du père Bucquoy… » Mgr Vignon ne peut chasser de sa tête un terrible souvenir. Jadis, il a connu un prêtre de quarante ans, apparemment en forme, qui a mis brutalement fin à ses jours. Le 29 juin de cette année-là, alors que tous les prêtres se remémoraient le jour où ils avaient été ordonnés, il s'était tiré une balle dans la tête. Qui l'aurait cru capable d'un tel geste ? En fait, il portait en lui une faille qu'un conflit avec sa nouvelle paroisse avait transformée en gouffre, gouffre dans lequel il avait glissé sans que personne ne s'en doute. Et si c'était également le cas de Benjamin ?

Mais ce matin, à 6 h 07, un appel de son vicaire général, Jean-Philippe Hameçon, met fin à son angoisse. Ce lève-tôt a vu un message sur le compte Twitter de Jennifer Duploux, avec un lien renvoyant à son interview de Benjamin. Tout excité, le père Hameçon lui résume la situation ubuesque du curé dans le cabanon. Le cœur de Mgr Vignon balance entre soulagement et colère. Ouf ! Benjamin est bien vivant… Mais quel sagouin, tout de même ! Partir sans dire un mot. Laisser tout le monde mariner dans son jus. Ne pas le prévenir, lui, son évêque !

Après avoir lu l'article de Jennifer Duploux, contacté quelques journalistes et le préfet, puis le maire de Saint-Germain-la-Villeneuve, Jean-Philippe prend la route vers la petite ville. Il ne sait pas où se trouve cette ruelle des Oubliés, mais sachant qu'elle borde le presbytère sur son flanc ouest, il devrait se repérer. Le voilà bientôt sur la place du village. À l'entrée de la ruelle, une foule de badauds s'est amassée. Le brigadier-chef,

Isidore Dubief, manifeste par de grands moulinets de bras que la ruelle n'est pas accessible. Mais Mgr Vignon parvient à se frayer un chemin. « S'il vous plaît, je suis l'évêque, laissez-moi passer ! » En jouant des coudes, il parvient jusqu'à la barrière où le gendarme monte la garde.

« Monsieur le gendarme, je dois aller lui parler !
– Eh ben ! je vous souhaite bien du plaisir ! Il y a déjà deux ou trois cinglés agglutinés devant son trou à rat. C'est-y pas triste ! Un curé qui devient dingue au point de s'enterrer vif… Passez, passez donc ! Mais je vous préviens : va falloir chasser les mouches de dessus le bifteck ! »

L'évêque pénètre enfin dans la venelle verte, bordée de hauts murs, de part et d'autre. On se croirait dans la *Belle au bois dormant* de Perrault. Pas besoin d'appeler Benjamin pour le débusquer : monseigneur Vignon reconnaît les curieux, penchés vers le mur. « Pouvez-vous nous laisser un instant, s'il vous plaît ? » lance Jean-Philippe de sa voix bien timbrée. Les paroissiens lui libèrent instantanément la place, comme une nuée de moineaux surprise par la détonation d'un fusil.

La minute d'après, l'évêque se trouve lui aussi perché sur ses rotules.

« Alors, Benjamin, on se prend pour une mystique du Moyen Âge ? »

De l'autre côté du mur, Benjamin n'en mène pas large. Mgr Vignon poursuit d'une voix goguenarde :

« Si ma mémoire est bonne, il me semble qu'avant de se laisser emmurer pour trois ans, sainte Colette avait demandé l'autorisation à l'abbé de Corbie. Le jour de ton ordination, tu as promis obéissance à ton évêque... et à ses successeurs. Je me demande bien ce que tu feras endurer à celui qui prendra ma suite ! En tout cas, tu nous mets tous au pied du mur avec ton histoire ! »

Benjamin reste dans son mutisme. La voici arrivée, la conversation désagréable qu'il redoute depuis deux jours. Au bout de quelques secondes, Mgr Vignon reprend la parole :

« Et puis déballer tes problèmes à une journaliste plutôt qu'à ton évêque, c'est d'une élégance, vraiment ! Elle t'a bigrement bien tiré les vers du nez, cette jolie fille. Tu devrais la prendre comme confesseur, tiens !

– Tu n'as même pas été capable de me dire en face que tu donnais le poste d'Écriture sainte à Julien Pottier », lâche Benjamin, d'une voix rauque.

Jean-Philippe Vignon n'en croit pas ses oreilles :

« Mais Benjamin, je ne comprends pas ! Je ne savais pas que... »

Le cœur de l'évêque bat la chamade. Il sait bien, dans un recoin de son arrière-conscience, qu'il a évoqué ce poste avec lui, il y a cinq ans. L'autre jour, quand il l'a convoqué, il n'a pas eu le courage d'aborder ce sujet… Mgr Vignon est tellement perturbé par ce que Benjamin vient de lâcher qu'il n'arrive pas à lui exprimer combien il a eu peur pour lui, combien il est heureux de le retrouver vivant, combien il tient à lui, combien il l'aime, en vérité. Il n'est pas davantage capable de lui dire que, dans l'interview de Jennifer Duploux, il y a beaucoup de choses vraies. C'est évident, il faut repenser la vie d'Église. Il est clair que, ces derniers mois, pris par ses occupations à Rome et à Paris, Jean-Philippe n'a pas assez accompagné ses prêtres, et Benjamin en particulier. La dernière fois qu'ils se sont vus, il s'est contenté de le tancer au sujet d'Évelyne.

Jean-Philippe Vignon est un être doué d'une extrême sensibilité et mesure comme jamais auparavant son inaptitude à communiquer ses sentiments. Une fois de plus, il se retrouve face au « problème » affectif qui le poursuit depuis l'enfance. Cette pudeur maladive qui le pousse parfois à être dur, voire injuste, avec ceux qu'il apprécie le plus. Il aime les gens, mais il est capable de leur exprimer sa reconnaissance à peu près autant qu'une baleine bleue de faire des pointes. Benjamin reprend l'avantage :

« J'ai eu tort de fuir. Mais je n'ai pas failli à ma promesse d'ordination, je ne t'ai pas désobéi. J'ai juste fait une fugue, c'est tout.

– C'est bon, je te pardonne. Mais il est hors de question que ce cirque se poursuive davantage. Tu dois sortir de ce trou au plus vite. Le problème, c'est que pour te faire sortir, il va falloir détruire le bâtiment, ce qui n'est pas sans risque pour toi... C'est du moins ce que m'a expliqué le maire, ce matin. Quoi qu'il en soit, en attendant ta délivrance, je te demande d'observer la plus totale réserve face à ceux qui font la queue pour te parler, et notamment aux journalistes du monde entier. C'est mon devoir de te protéger. »

L'évêque fait jurer à son curé de ne plus adresser la moindre parole à ces prédateurs médiatiques. Benjamin lui objecte qu'il est difficile de savoir à qui il s'adresse à travers ce mur : certains plumitifs peuvent se faire passer pour d'inoffensifs quidams. Jean-Philippe a une meilleure idée :

« En dehors des quelques personnes que tu connais, et en qui tu as déjà toute confiance, tu ne communiqueras avec les gens que sur le mode de la confession. Comme ça, tu seras protégé. Et c'est ce qu'on va dire à la presse : tu ne parleras aux gens que dans ce cadre. Cela refroidira les ardeurs des gratte-papiers ! Ils ne sont pas du genre à se confesser ! »

Au-delà de son astuce stratégique, Mgr Vignon se réjouit secrètement de cette gentille punition qu'il impose à son fugueur. Il veut se recentrer sur son ministère de prêtre ? Eh bien ! il va voir ce qu'il va voir… Il va faire comme le curé d'Ars : confesser, confesser, confesser, assis pendant des heures dans son trou sombre et inconfortable. Confesser à s'en faire des escarres aux fesses ! À s'en crever les tympans !

Chapitre 15

Une sacrée foire à tout

« C'est un sacré coup de com', les amis ! » Georges Garnuchot fait sauter un bouchon de champagne et verse le breuvage dans des flûtes en plastique achetées en hâte par sa secrétaire, Ginette Trentemoult. Le maire a décidé de marquer la parution du millième article mentionnant le nom de sa commune. Ce bourg paumé est sorti de l'anonymat à la faveur du fait divers extrêmement contagieux, qui s'est diffusé sur Internet et les réseaux sociaux. Le monde entier se passionne désormais pour l'aventure du reclus volontaire. Depuis une semaine, date de la parution de l'interview de Jennifer Duploux, les journalistes accourent des quatre coins de la planète. Du Brésil, d'Afrique du Sud, d'Australie et du Canada. Des centaines d'autres, plus paresseux, se sont contentés de recopier les articles de leurs confrères, en les agrémentant çà et là de quelques fioritures, parfois. Tous se citent plus ou moins réciproquement, dans une fièvre plagiaire planétaire où la vérité des faits importe beaucoup moins que l'excitation sensationnelle. Pour le maire, c'est un triomphe : Saint-Germain-la-Villeneuve est devenu le centre du monde. Cela mérite bien un peu de champagne.

Il a suffi d'une semaine pour que la petite ville change de visage. Les touristes affluent chaque jour par centaines, telles des guêpes attirées par une tartine de confiture. Il a fallu transformer un champ de la périphérie en immense parking, et installer un minibus pour faire une navette jusqu'au centre. La poste a même dû installer une boîte postale supplémentaire pour absorber le flux de courriers. Le mode de communication exclusif édicté par Mgr Vignon avec le prêtre, la confession, n'a pas arrêté le flot des curieux. Bien au contraire : le mot d'ordre a, semble-t-il, excité l'imaginaire des contemporains en mal de sensations. Aller raconter ses secrets les moins avouables à un fou enfermé dans un mur, cela a un petit côté *reality show* qui plaît aux foules. Cet afflux est une aubaine pour les commerçants, restaurateurs et autres professionnels de l'accueil, dont le chiffre d'affaires a été multiplié par quatre.

Certains proches du maire, bouffeurs de curé, ont froncé les sourcils, murmurant volontiers qu'un maire de gauche fait peut-être un peu trop de cas d'une péripétie cléricale… « Peut-être, peut-être… a répondu le maire. Mais en attendant, je renfloue nos caisses ! Vous finirez par me dire merci. » Il ne faut pas négliger le fait que le parking est payant, comme à Eurodisney. Voilà qui permet de trinquer sans scrupule vis-à-vis de la laïcité.

Quant à l'abbé, il a fini par trouver son rythme. Chaque matin, il se lève vers quatre heures, réveillé par les oiseaux des frondaisons. Il dit l'office des matines et prie en silence jusqu'à six heures, où il récite l'office des laudes. Puis il se douche et mange un peu. Chaque jour, les paroissiens lui apportent les aliments les plus variés. Vers sept heures, les gens commencent à arriver. Le chemin des Oubliés a été totalement barricadé d'un côté, par ordre de la gendarmerie. On ne peut y accéder que par l'entrée qui se trouve sur la place de la République. La mairie y a installé un système de chicanes avec des barrières en métal. Un gendarme fait le filtre, de sorte qu'on ne laisse passer qu'une personne à la fois vers le prêtre, et qu'on attend qu'elle réapparaisse pour laisser entrer quelqu'un d'autre. Le débit est lent. Benjamin prend son temps avec chacun. Un visiteur a laissé un coussin sur le sol, en dessous de la bouche d'aération : un supplément de confort pour s'agenouiller. Sur la place de la République, un forain a installé une baraque à frites. Le cours du hot-dog s'est envolé au fil des jours.

À midi, Benjamin interrompt les confessions. Il prie l'angélus, puis revêt son aube, son étole et sa chasuble pour dire la messe. Dehors, une trentaine de personnes – pas plus, a demandé la gendarmerie – entendent l'Eucharistie, serrées dans la venelle, bien à l'ombre. Benjamin célèbre à haute et forte voix, pour qu'on l'entende de l'autre côté. L'un ou l'autre des participants lit les textes bibliques. L'après-midi, les confessions reprennent après quinze heures. Entre-temps, Benjamin a déjeuné et fait une courte sieste. Il s'interrompt dans la soirée, vers dix-huit heures, pour l'office des vêpres. Ensuite, il dîne. Le confesseur remet son étole violette vers vingt heures trente et ne s'arrête que tard dans la nuit.

Il n'est pas évident de savoir si les gens se délestent systématiquement de leurs péchés dans l'oreille de l'abbé Bucquoy. Mais visiblement, tous ressortent bouleversés, les yeux souvent rougis par les larmes. La plupart du temps, ils se dirigent ensuite vers l'église toute proche et restent là dans le silence, devant la petite lampe rouge signalant la présence du Christ. Benjamin demande à chacun de ses visiteurs d'aller s'agenouiller quelques minutes devant le Saint Sacrement.

À la paroisse, il a fallu s'organiser pour faire face à ce tsunami de piété. Là où jadis, devant le tabernacle, les sièges étaient vides, on se succède désormais dans un remue-ménage de sacs à dos et les cliquetis des clés de voiture qui tombent par terre, sans oublier les téléphones portables qui mugissent de temps à autre.

La première personne à avoir observé à la lettre cette consigne de prière devant le tabernacle est Mado, dès le lendemain de sa confession. Désormais, c'est une habituée. À la grande surprise des gens de la paroisse, de nombreux visages, jusque-là inconnus, apparaissent dans l'église. À l'évidence, l'abbé reclus a réussi à attirer des « nouveaux » pratiquants. Le problème est que la plupart d'entre eux ont l'air de ploucs. La grosse question est désormais de savoir ce qu'il faut en faire. La paroisse, une fois de plus, est divisée. Il y a ceux qui estiment que tout ça n'est qu'un feu de paille, et que ces bondieuseries s'arrêteront net lorsque leur curé sera sorti de sa tour d'ivoire, et ceux qui pensent que c'est peut-être un signe du Ciel. On s'est suffisamment lamenté que les rangs des fidèles sont de plus en plus clairsemés, et que le boulot retombe toujours sur les épaules des mêmes. Un peu de sang neuf ne fait pas de mal, non ?

De sa tour de contrôle diocésaine, Évelyne déplore cette piété de bazar, ce prurit superstitieux suscité par l'imposture d'un curé d'Ars de pacotille. Mais tout cela rentrera bientôt dans l'ordre, si seulement l'évêque fait preuve d'un peu de poigne !

Mgr Vignon aimerait que Benjamin réintègre son presbytère. Mais les services techniques de la ville ont étudié de près le dossier : si on attente d'une manière ou d'une autre à la structure du bâtiment, il risque de s'effondrer d'un coup, tuant net son occupant. Il est donc urgent d'attendre. L'abbé n'est pas près de sortir de sa réclusion volontaire.

Chapitre 16

Quand le diable se frotte les mains

Trente jours exactement après le début de son emmurement, Benjamin commence à trouver le temps long, et même très long. Au début, il a vraiment savouré ces moments de profonde solitude, ce sevrage de téléphone portable et d'ordinateur... Durant la première quinzaine, il a rattrapé ces longues heures d'intimité avec Jésus, volées à son Bien-Aimé par un activisme épuisant. Il a conquis une vie d'oraison jamais atteinte auparavant, même dans ses meilleures années de séminaire. Paradoxalement, ces temps de prière qui structurent sa vie sont marqués par une sécheresse grandissante. Il lui semble être gagné par un sentiment d'imposture, visqueux et sournois comme une méduse bretonne flottant entre deux eaux de l'Atlantique.

Il y a d'abord cette mobilisation démesurée autour de sa personne. Flatté dans un premier temps, il s'énerve désormais contre ces journalistes qui le présentent comme une star du sacerdoce. Il a bien la certitude d'être revenu au cœur de son métier de prêtre, au lieu de s'éparpiller dans mille tâches administratives, mais son âme n'est pas réellement en paix.

Au début, face à toutes ces personnes qui venaient se confier à lui, dérouler leur histoire, souvent pour la première fois, il a trouvé une nouvelle raison d'être. Seulement, n'est pas curé d'Ars qui veut… En vingt-cinq ans de prêtrise, il a certes eu l'occasion de rencontrer des gens abîmés par la vie. Mais ce qu'il découvre dépasse tout ce qu'il a pu imaginer sur la nature humaine. Les violences dans les familles, les haines, les adultères, les trahisons… La misère noire de l'humanité déborde sur lui comme un égout puant qui reflue par les canalisations. Il n'a rien d'autre à offrir que son écoute, quelques paroles qui lui semblent inspirées d'en haut, et l'amour miséricordieux du

Christ. Mais souvent, il a l'impression de ne pas être à la hauteur de la situation, et que les gens le quittent dans un état dont il n'est pas sûr qu'il soit salutaire. Après avoir attendu le chaland des années dans son confessionnal bien ciré, durant d'interminables après-midi, avec sa belle aube bien repassée par Mme Basile, le voilà prisonnier d'un rôle qui le confronte chaque jour davantage à sa pauvreté.

Il lui semble aussi que sa vie de charité s'est étriquée. C'est facile d'aimer des inconnus qui viennent le voir parce qu'il est devenu célèbre. Mais c'est sans doute encore mieux d'aimer les gens tels qu'ils sont, dans la durée, avec leurs mauvais plis indéfroissables. Évelyne et son plan soviétique, Monique et ses chants sirupeux, Brigitte et Guillemette et leurs querelles végétales, Jean-Philippe Vignon et son cerveau insondable. Une phrase de Jean Vanier, le fondateur de l'Arche, que Benjamin avait entendu lors d'une conférence, lui revient comme l'un de ces tubes musicaux qui vous collent à la mémoire tel un sparadrap : « On ne sait pas vraiment ce que c'est d'aimer tant qu'on n'a pas dû aimer des personnes difficiles, ou même très difficiles, voire impossibles à aimer. » En fait de fuite au désert pour la prière, c'est surtout une fuite devant le commandement de l'amour que Benjamin a réussie…

Mais il y a pire… Son moral en a pris un coup quand il a su que le père Maurice avait fait une crise cardiaque en apprenant sa disparition. Son vieux confesseur est en ce moment même sur un lit d'hôpital. Et il se demande s'il pourra le revoir vivant en sortant de son gourbi.

Benjamin réfléchit à nouveau à sa relation tellement complexe avec son évêque et à son amitié avec Julien, mêlée d'envie et d'admiration, qui s'est soudain transformée en un ressentiment violent, presque en haine, à l'égard de ce collègue dont il était si proche. Il a tellement honte de ce sentiment laid, impur et inacceptable envers ce frère dans le sacerdoce qu'il ne parvient pas encore à s'en décharger entre les mains du Christ, et encore moins à l'appeler par son nom : la jalousie.

Pendant des années, Benjamin s'était cru immunisé contre ce vice qui broie l'âme, et il s'en étonnait même. Il méprisait presque cette pauvre Brigitte, envieuse de la talentueuse Guillemette. Mais lorsque Julien a annoncé sa promotion, il a éprouvé l'amertume la plus violente. Pour être honnête, c'est cette amertume qui lui a fait prendre la fuite, au fond.

Aujourd'hui, la jalousie creuse son cœur comme un acide attaque et ravive une plaie. Le prêtre est comme projeté d'un bord à l'autre d'un navire livré à un infernal roulis, au milieu d'une tempête rugissante. Sur un bord, Benjamin se dit à lui-même : « C'est tellement injuste. C'est à moi que revenait ce poste, ne serait-ce que parce que j'en ai bavé pour boucler ma thèse, et parce que j'ai plus d'expérience. J'avais la priorité. Et puis tout de même, quand je pense à tout ce que j'ai fait pour Jean-Philippe ! J'ai été d'une fidélité sans faille, je l'ai toujours soutenu, y compris quand il a été en difficulté dans le diocèse. Et lui, il n'a pas la moindre reconnaissance pour moi. Il me laisse dans cette paroisse de merde, à me dépatouiller avec des gens qui me rendent fou. Julien a certainement très bien su se placer pour avoir le poste, derrière ses airs de sainte nitouche... C'est écœurant. »

Sur l'autre bord, Benjamin peut sombrer dans une dévalorisation tout aussi acide : « Si Jean-Philippe a choisi Julien, c'est qu'il est sans doute plus vif, plus intelligent, plus brillant que moi. Et surtout, il est plus saint que moi. Il a cette douceur, cette pureté, cette densité... Il a ce charisme qui attire vers lui les jeunes en quête de sainteté. L'an dernier, il a fait entrer au séminaire deux ou trois garçons, et conduit plusieurs filles au couvent. Moi, je n'ai jamais suscité la moindre vocation dans la paroisse… Je suis nul, d'ailleurs, sans tout ce bazar médiatique et cette soudaine lubie d'enfermement, je suis bien incapable d'attirer les gens vers Dieu. Je suis un imposteur. »

Quelque part, il y a quelqu'un chez qui ce balancement entre la survalorisation et la dépréciation suscite une jouissance exceptionnelle… C'est le diable. Car ces deux pôles entre lesquels Benjamin oscille et se torture n'ont en fait qu'un seul et même nom : l'orgueil. Ce que savoure Satan, c'est que Benjamin a basculé dans une cécité qui a des allures de lucidité. L'abbé est devenu aveugle sur tous les dons uniques que Dieu a déposés en lui. En même temps, il est saisi d'une clairvoyance impitoyable sur ses insuffisances.

Le diable se frotte les mains. Mais la Grâce n'a pas dit son dernier mot.

Chapitre 17

Une défibrillation miraculeuse

La nuit vient de tomber. Quand une voix féminine lui dit bonsoir, de l'autre côté du mur, il ne la reconnaît pas tout de suite. C'est pourtant bien celle de Monique Bouchard.

« Quoi ! Vous, Monique, à genoux ?

— Oui, c'est moi, mon Père. Oh, ça va vous surprendre... Je ne me suis pas mise à genoux depuis des années. Quarante ans peut-être. Je ne pouvais pas. Je trouvais que c'était vraiment ridicule. Que c'était de l'ostentation. Ou un truc de vieilles bigotes, comme du temps de ma grand-mère et de mon enfance. Quand on avait vingt ans en 1968, c'était franchement dépassé de s'agenouiller. Mais j'ai réfléchi. Beaucoup réfléchi. D'abord, il y a deux semaines, peu de temps après votre fugue, j'ai lu un livre extraordinaire d'Etty Hillesum. Avant d'être déportée à Auschwitz, elle a laissé dans des cahiers son expérience spirituelle intime. Elle parle souvent de son expérience de l'agenouillement. Je dois dire que ça m'a drôlement émue, et secouée. Cela a dû me préparer à ce que j'ai vécu ce soir. »

Monique marque une pause, comme pour reprendre son souffle :

« Il y a deux heures, ma vie me semblait bien en ordre, chaque chose à sa place. Mais Dieu est venu tout ébranler. »

Deux heures auparavant, en effet, Monique était en train de terminer de ranger l'église et s'apprêtait à en fermer les portes, comme chaque soir. Mais, intérieurement, elle grognait. L'hystérie qui a chamboulé sa paroisse bien tranquille avec l'emmurement du curé a fait vaciller ses repères. Avant les événements, elle avait peu ou prou le contrôle de ce qui se passait en matière liturgique. Mais depuis, elle a l'impression désastreuse de ramer dans une barque minuscule perchée sur la gigantesque déferlante de la piété catholique : toute cette plèbe qui vient s'aplatir devant le tabernacle... Avec le temps, elle a cependant remarqué qu'une seule personne vient absolument tous les jours : une femme plus toute jeune, d'apparence assez quelconque, aux traits tirés et aux cheveux pauvres. Cette forme de fidélité muette suscite en elle une secrète admiration.

Ce soir, comme à son habitude, Monique a déclamé à la cantonade : « C'est fini pour aujourd'hui, nous fermons l'église ! » Mais, ô surprise, il ne restait plus que l'insubmersible dévote, rivée à son prie-Dieu comme une bernique à son rocher breton. L'occasion était trop belle. Alors que la femme se relevait péniblement de sa position à genoux, Monique lui a lancé :

« Mais enfin, madame, pouvez-vous m'expliquer ce qui vous pousse à passer votre vie ici ? »

Cette parole a saisi de stupeur la vieille dame, encore plongée dans ses prières :

« Pardon ? Je n'ai pas bien compris...

— Oh, je sais que vous venez prier devant le tabernacle parce qu'il contient le Corps du Christ. Bien évidemment, je sais ça... Mais franchement, c'est excessif de venir tous les jours !

— Oui, la première fois que je suis venue, c'était pour obéir à l'abbé. C'était ma pénitence. Je suis venue quatre ou cinq jours de suite, et puis j'ai continué. Voyez-vous, ça m'apaise beaucoup. Et ça me fait du bien de venir Lui parler, pour Le remercier d'avoir changé ma vie. Lui, je veux dire, Jésus.

— Ah bon ? à ce point-là ! Mais qu'est-ce qu'il vous a fait, Jésus ? » a lancé Monique, un peu railleuse.

Au fond, notre activiste paroissiale aimerait percer le secret de cette minable grand-mère.

« Oh, si vous saviez, madame ! J'étais perdue... Grâce à l'abbé, j'ai compris que le plus grave, ce n'était pas ce que j'ai fait dans ma vie, qui n'est pas bien joli... Mais de rester dans la honte. La honte, c'est comme la crasse gluante qui s'incruste sur le dessus de la gazinière, dans la cuisine. Quand on commence à essayer de nettoyer, c'est pire, ça fait comme une sorte de chewing-gum marron qui s'étire affreusement, qui s'incruste sur votre éponge, et qui ne part pas ensuite, même à l'eau chaude... Enfin voilà, le Seigneur m'a délivrée d'un coup de cette crasse-là. C'est-à-dire de la honte d'être écrasée par mon passé, qui est bien pire que le passé. »

Monique s'est figée comme une statue de cire du musée Grévin. Mais Mado a poursuivi, tel un équilibriste qui se lance sur un fil au-dessus d'un abîme vertigineux :

« Madame, vous m'avez l'air avide de savoir pourquoi je prie ici, alors je vais tout vous raconter. Pendant près de trente ans, j'ai été une putain, une prostituée, si vous préférez. J'exerçais à Paris, dans le faubourg du Temple. Je ne vous décrirai pas cette vie, c'est trop sordide. Après cela, je suis venue ici, dans ce bled, pour oublier tout ça. Oublier tout ça et ma frustration de n'avoir pas eu une vie plus belle. Je n'étais pas idiote, vous savez, j'aurais pu faire des études, me marier, réussir quelque chose d'utile, qui ait du sens. L'autre soir, je suis allée voir l'abbé. Je crois que j'ai été la première à lui parler, en fait, bien avant tout ce qui s'est passé ensuite. Je lui ai tout raconté, il m'a dit que Jésus me pardonnait tout, et que je devais tout remettre entre ses mains de Sauveur. C'est bien ce qu'il y a de plus dur : tout remettre en Ses mains. On veut tellement garder pour soi tout ce qu'on a raté, pour continuer à chercher à le contrôler, à compenser, à réparer... On veut garder cette tristesse, comme une sorte de version négative de la Légion d'honneur, une décoration qu'on aurait gagnée à force de déshonneur, une médaille de perdant. Mais voyez-vous, cette tristesse de ce qu'on n'arrive pas à se pardonner est une maladie plus pénible que l'échec lui-même. »

Monique restait absolument muette, les yeux saisis de stupeur. Mado a repris, d'une voix un peu dolente :

« Pardonnez-moi si j'en ai trop dit. Je vous souhaite une bonne soirée. »

Et elle a disparu dans la pénombre. Pour Monique, cet échange très bref a été un véritable séisme. Ce que Mado ne sait pas, c'est que Monique est née de la prostitution. Pour des raisons qu'elle connaît mal, sa mère a dû en venir à cette extrémité. Elle est tombée enceinte de Monique à cause d'un défaut de contraception. Après sa naissance, elle est morte, très jeune, d'une maladie dite honteuse. Aussi Monique a-t-elle été adoptée par des cousins de sa mère. Elle a appris cela à l'âge de quinze ans, de la bouche de sa grand-mère mourante.

Toute sa vie, le fantôme de sa mère l'a poursuivie. Elle a tout fait pour passer au-dessus de ce passé horrible et pendant plus de quarante ans, elle n'a eu qu'une seule terreur : que l'on découvre chez elle ce vice caché, comme une maison aux fondations pourries derrière une apparence flatteuse. Elle n'a jamais parlé de cette affaire à son mari, ni à ses enfants, même devenus adultes.

Après le départ de Mado, Monique s'est laissée tomber sur l'une des chaises de la chapelle de la Vierge. Devant elle, la veilleuse rouge dansait, hypnotique. Soudain, elle a senti son corps soulevé par des larmes irrépressibles et entendu comme une voix intérieure qui lui susurrait : « Allez, remets-moi toute cette souffrance. Donne-moi tout. Maintenant ! »

Chapitre 18

Un huis clos de crise

« Jean-Philippe, il faut faire quelque chose ! Ça ne peut plus durer ! » La phrase claque comme un éclair au milieu d'un orage. Au trente-troisième jour de la réclusion de Benjamin, dans la chaleur infernale du mois de juillet, Mgr Vignon est assis dans un bureau de la Conférence des évêques, en présence des membres du Conseil permanent de l'épiscopat. C'est une réunion de crise. En effet, le geste de l'abbé Bucquoy a fait tache d'huile. Sept autres prêtres se sont emmurés. Le premier, dans le clocher de son église. Le second, dans une baraque de chantier abandonnée. Le troisième, dans un container sur le port du Havre.

Le quatrième, dans une cabane construite dans un arbre. Le cinquième, en haut d'une grue de chantier. Le sixième, sur un bateau au large de Saint-Jean-de-Luz. Le septième a carrément investi un phare désaffecté sur un banc de roches breton. Comme Benjamin, ils prétendent revenir aux fondamentaux du sacerdoce. C'est-à-dire en finir avec les milliers de kilomètres, les réunions inutiles, les plans diocésains. Une sorte de bronca générale du clergé, en somme. Et toute la presse en fait des gorges chaudes. À bout de nerfs, les évêques ont donc décidé de prendre le problème à bras-le-corps. Mais après trois heures de discussions, aucune solution ne se dessine. On tourne en rond, lamentablement. Et puis l'atmosphère ambiante renvoie davantage aux aisselles de saint Joseph à la fin d'une journée d'atelier qu'aux roses promises par sainte Thérèse depuis le Ciel.

Jean-Philippe Vignon décide de dire à ses confrères ce qu'il a sur le cœur. Son cœur a été bien retourné ces derniers temps et certains vont être surpris… « Personnellement, j'ai beaucoup réfléchi depuis un mois. D'une manière générale, nos prêtres sont surmenés et manquent de reconnaissance. Nous ne les accompagnons pas assez. Le problème est notre défaut de leadership. Nous ne leur disons pas assez quelles sont leurs priorités et ils souffrent de la culpabilité de ne pouvoir faire tout ce qu'ils doivent faire ; d'autant plus qu'ils sont confrontés à un idéal très haut, puisqu'il s'agit pour eux de représenter le Christ auprès des hommes. À vue humaine, ils sont donc condamnés à être toujours déçus par eux-mêmes. De plus, nous leur demandons de plus en plus de couvrir des territoires titanesques pour nous rassurer sur notre capacité à tenir le terrain. Mais la réalité est que c'est impossible. Il serait temps d'avoir le courage de le reconnaître au lieu de poser des rustines. Cessons de croire que nous pouvons tout faire. Il faut tout repenser en fonction des talents et des charismes de nos prêtres, sous peine de tous les voir craquer. » Mgr Vignon s'interrompt un instant, la gorge serrée : « En toute discrétion, je vous avoue que Benjamin s'est enfermé aussi parce que je n'ai pas su le rejoindre dans son besoin narcissique… qui est un besoin légitime. Il espérait secrètement avoir un poste que j'ai donné à un autre. Ce genre de déception est fréquent, mais nous ne savons pas l'accompagner. Or les prêtres sont aussi des hommes. Comme nous, d'ailleurs… Nous avons tous besoin de reconnaissance. »

À ces paroles, les évêques se regardent sans mot dire, dans un silence à peine troublé par le ronron des infatigables ventilateurs.

Chapitre 19

Une éminente sociologue

Aujourd'hui, Évelyne Bossard-Dupin a pris un jour de RTT. Histoire de souffler un peu. Sécateur en mains, elle s'emploie à tailler les haies de son jardin. La chef de la pastorale diocésaine est déprimée. L'application de son plan triennal d'investissement pastoral a pris du retard en raison de la mobilisation exceptionnelle de Mgr Vignon autour du cas Bucquoy ! Ce goujat n'a même pas été capable de lui présenter ses excuses après l'avoir insultée. Soudain, son téléphone portable sonne. Sur l'écran apparaît le prénom Maryvonne.

Maryvonne Pastoubert ! Son maître absolu, sa quasi-divinité. Pour elle, elle se ferait découper en rondelles par les Barbaresques. Elle lâche le sécateur dans les rosiers. Au bout du fil, l'impérieuse Maryvonne débite à toute vitesse, d'une voix exaltée : « Évelyne, je suis devant chez toi. En discutant ce matin avec mon ami Donald Wright, de l'université de Chicago, j'ai décidé d'aller voir le curé emmuré dans ta région, car Donald m'a demandé de faire une intervention sur ce phénomène lors du prochain congrès qu'il organise à San Francisco. C'est extraordinaire, comme sujet d'enquête ! J'ai immédiatement pris la voiture et, au dernier moment, je me suis dit qu'il fallait absolument que je passe te prendre : cela va te passionner ! Allez, vite, dépêche-toi, je suis horriblement mal garée. »

Dans son enthousiasme coutumier, Maryvonne a raccroché d'un coup. Aucune objection n'est possible... De toute façon, pour Évelyne, il n'est pas question de faillir à son mentor, qui lui tient à la fois lieu de père, de mère et de meilleure amie. Séance tenante, elle saisit son sac à main et s'engouffre dans sa voiture. Maryvonne démarre en trombe et, ne lui laissant pas le temps d'ouvrir la bouche, commence une véritable conférence : « Évelyne, nous avons fait fausse route en négligeant la résurgence de la confession. C'est très important. C'est thérapeutique. Les gens ont besoin de cela pour travailler sur leur existence, leur blessure narcissique, et tout le tintouin. Il faut absolument qu'on regarde ça de très près. Ce Bucquoy est vraiment futé comme un renard. Il a fait sauter le système en s'enfermant. Oui, en s'enfermant, tout simplement, là où les autres font des manifs ou des grèves qui ne servent à rien... C'est génial ! »

En réalité, Maryvonne s'était découvert une passion un peu tardive pour l'affaire Bucquoy. Jusqu'à présent, elle avait lu avec une pointe de mépris tous les articles sur le sujet. C'est le coup de fil de Donald qui l'a aiguillonnée, ou plutôt son invitation à la conférence outre-Atlantique. Maryvonne ne saurait refuser une occasion de pontifier devant trois cents de ses pairs, qui plus est aux États-Unis, où elle rêve d'être recrutée comme *guest professor* dans une université. Ce serait le couronnement de sa carrière.

Arrivées au chemin des Oubliés, elle pousse Évelyne devant elle. La messe vient de commencer. À sa grande surprise, Évelyne se laisse gagner par l'intense recueillement des personnes tassées dans la ruelle, dans la fraîcheur ombragée des arbres. Elle entend la première lecture, celle où le prophète Élie rencontre Dieu dans un murmure de silence. Ce texte est son passage biblique préféré. Drôle de signe, tout de même! Elle repense à sa haine pour Benjamin. Absorbée par tout cela, elle ne se rend pas compte que Maryvonne s'est éclipsée en douce. Dans la foule, la star de la sociologie religieuse a en effet repéré un chroniqueur de la « grande presse », qui a récemment encensé son dernier livre. Elle préfère aller lui faire la cour plutôt que de suivre la messe. Et pour tout dire, elle n'a pas envie d'emmener Évelyne avec elle, car elle serait obligée de la présenter au journaliste comme son amie et ne pourrait plus lui cacher qu'elle travaille pour l'Église. Face à cet intellectuel qui fait profession publique d'athéisme, une telle proximité avec l'institution catholique ferait très mauvais effet. Il ne reparlerait sûrement plus jamais de ses bouquins. De toute manière, être vue à la messe serait très mauvais pour la carrière de Maryvonne. Elle a certes été pratiquante, jadis. Mais aujourd'hui, elle préfère être classée dans le camp des agnostiques. C'est meilleur pour le teint.

Évelyne est saisie par l'intensité de la prière. Dans le silence, derrière le mur, la voix masculine articule distinctement ces mots : « Ceci est mon corps, livré pour vous. »

Chapitre 20

Un fameux coup de pompe

Quarante jours. Ce matin, Benjamin compte et recompte les bâtons inscrits à la main sur le mur du cabanon. Le voilà rendu à son quarantième jour de réclusion. Il a mal dormi. La veille, son ébullition intérieure a été aggravée par deux nouvelles accablantes. Primo, le père Maurice va très mal. Après plus d'un mois à l'hôpital, son état est devenu désespéré. Le vieux prêtre a fait savoir qu'il voudrait lui dire au revoir. Mais comment est-ce possible ? Secundo, Mado est soudainement passée de vie à trépas. Une semaine plus tôt, la vieille Marguerite était venue le voir de sa part pour le prévenir que sa convertie venait d'être victime d'une embolie pulmonaire et qu'elle voulait lui parler une dernière fois avant de partir. Benjamin s'était mordu les lèvres en réalisant qu'il lui était impossible de répondre à cet ultime souhait. Marguerite avait ajouté, dans un reproche : « C'était-y bien la peine de vous enfermer comme ça ! » Mado avait rendu son dernier souffle en répétant le nom de Benjamin. Elle avait attendu, espéré jusqu'au bout. En vain.

Ce quarantième matin, pourtant, les visiteurs ne tarissent pas. À peine Benjamin a-t-il renvoyé un pénitent qu'un autre prend sa place. Et c'est un visiteur inattendu qui décline son identité, vers dix heures : Ildefonse Laporte. « Mon Père, je viens vous exprimer mon regret pour ce que je vous ai dit l'autre jour au téléphone. Je n'aurais pas dû vous reprocher d'avoir été timoré face à notre militance contre le gender. Je n'ai pas assez mesuré vos contraintes pastorales. Récemment, un événement dans notre vie familiale m'a révélé que, même si l'on est dans les clous par rapport aux règles de l'Église, on peut se voiler la face. Ma propre filleule m'a révélé qu'elle est lesbienne. Je suis bouleversé… »

Un peu plus tard, un pénitent d'importance se présente… « Benjamin, c'est Julien. Je voulais absolument passer te voir. Je n'ai pas eu le courage avant. » Il se tait, puis reprend dans un souffle. « En fait, je ne suis pas venu pour causer, mais pour te demander le sacrement de réconciliation. Bénis-moi, s'il te plaît. » Benjamin en a le souffle coupé. Il murmure alors, tout en marquant Julien du signe de la Croix à travers le mur, la formule rituelle : « Le Seigneur Jésus n'est pas venu appeler les justes, mais les pécheurs. Aie confiance en Lui. »

Après un silence, Julien se confesse rapidement. Comme un homme. La plupart des hommes déballent leurs péchés d'un bloc, comme un débardeur balance sa lourde charge sur le quai après une pénible remontée des soutes du navire. Tout le contraire des femmes qui, comme des randonneuses, mettent du temps à en venir au but, cheminant par monts et par vaux. Lorsqu'elles se confessent, les choses viennent lentement, morceau par morceau. En souriant, le père Maurice dit que les femmes sont atteintes du syndrome du sac de farine : quand elles semblent avoir vidé leur sac, il en reste encore sur les parois…

En fait de bloc, celui de Julien est lourd. Benjamin n'en revient pas. Malgré leur proximité amicale, c'est la première fois qu'il confesse son confrère. L'image idéale qu'il s'est faite de Julien lui apparaît soudain dans toute sa folie : il a tout bonnement projeté son propre rêve de sainteté sur ce jeune collègue. En même temps, il est saisi par une intense compassion. Julien souffre d'une blessure irrémédiable. Il l'a dit en quelques mots d'une pudeur extrême. Il lutte, et souvent il tient bon. Il lutte, mais parfois, il chute. Et il se relève. Et cela sans cesse depuis des années. Une danse terrible entre le péché et la grâce, entre l'humiliation et la douceur de la miséricorde.

Benjamin est tellement impressionné par l'humilité de Julien qu'il en tombe à genoux dans son cachot, comme une branche qui tombe à terre sous l'effet d'un coup de vent. C'est dans cet état qu'il lui donne l'absolution. Julien fait à nouveau silence et lance d'une voix très ferme : « Je voulais juste te dire, aussi, que Jean-Philippe m'a avoué qu'il t'avait parlé du poste, il y a quelques années. Je ne savais pas, je te le promets. Quoi qu'il en soit, j'ai décliné son offre. Je vais partir comme missionnaire à Madagascar pendant quelques années. J'ai besoin de prendre du champ, de m'enraciner autrement dans le ministère. Au revoir, Benjamin. »

Julien disparaît. Une femme lui succède, quelques minutes plus tard. C'est Brigitte. Sa voix est légère, tellement différente de celle avec laquelle elle venait, jadis, geindre dans son giron. Il est vrai que sa vie a changé du tout au tout.

Face à la stupéfiante affluence dans la paroisse, Guillemette et Brigitte ont dû mettre les bouchées doubles pour organiser l'accueil, tels des médecins urgentistes improvisant un hôpital de campagne. L'église de Saint-Germain-la-Villeneuve est en effet devenue une sorte de sanctuaire de pèlerinage, attirant le tout-venant, et souvent des gens à problèmes : malades en quête d'une guérison, jeunes déboussolés, personnalités borderline ayant fréquenté tout ce que la planète compte de voyants ou de charlatans… Tous défilent chez Benjamin, qui leur prescrit systématiquement d'aller prier à l'église. Tout naturellement, Brigitte et Guillemette se sont retrouvées à assurer le « service après-vente » du curé reclus, ce qui inclut pas mal d'urgences matérielles et sociales. Les pots de fleurs sont vite devenus des préoccupations secondaires.

Au fond, l'une et l'autre ont toujours été secrètement, et tout à fait platoniquement, amoureuses de Benjamin, et c'est là aussi le motif caché de leur conflit. Brigitte aime l'écoute empathique du curé, sa sensibilité vive et sa culture raffinée, qui la consolent du côté rustaud et taiseux de Gérard, son mari, grand amateur de belote et de foot. Guillemette, elle, aime en Benjamin le bibliste capable de voir les intuitions théologiques qu'elle a mises dans ses compositions florales. Mais la disparition de Benjamin a créé un vide providentiel : délivrées du regard de monsieur le curé sur leurs productions artistiques respectives, les deux femmes ont pu se voir différemment l'une l'autre.

Un après-midi, alors que Brigitte et Guillemette étaient occupées à faire un grand ménage des chapelles latérales de l'église, balais et chiffons en main, Brigitte a lancé à Guillemette : « Toi qui es si parfaite, pourra-t-on te prendre en défaut ne serait-ce qu'une seule fois ? » De façon tout à fait inattendue, Guillemette a explosé : « Mais je n'en peux plus, qu'on me trouve parfaite. J'étouffe dans ce personnage. Ce n'est pas moi ! » Puis elle s'est détournée vigoureusement. Brigitte s'est rapprochée d'elle par-derrière et lui a dit, très doucement : « Je te demande pardon. Je ne voulais pas te blesser. » Guillemette s'est alors tournée vers elle, avec un visage que Brigitte ne lui avait jamais encore vu. Elle s'est jetée dans ses bras et a éclaté en sanglots, comme un karcher en surpression.

Depuis que Guillemette a fendu l'armure, les anciennes rivales trouvent chacune un certain plaisir à la présence de l'autre. Il a fallu aussi un désamorçage de la jalousie de Brigitte, qui s'est opéré grâce au plus improbable des médiateurs : le mari «bas de plafond», mais fin psychologue. Un soir, à l'heure de la tisane, ce dernier a cassé le morceau à sa femme : «Mais enfin, ma poulette, au lieu de te lamenter sur ce que tu as en moins par rapport à Guillemette, c'est-à-dire de te regarder le nombril, pourquoi ne comprends-tu pas que son talent pour les fleurs, que tu n'as pas, est aussi là *pour toi*. Pour tout le monde, évidemment, mais d'abord pour toi, pour que tu en profites. Son don, que tu regrettes de ne pas avoir, tu devrais plutôt t'en réjouir. Arrête de te faire du mal avec ta jalousie!»

Cette sagesse théologico-spirituelle chez un être habituellement disert dans les seuls domaines du ballon rond et des promotions du centre commercial a mis Brigitte dans un état second. Elle a compris que son bourrin de mari avait reçu une inspiration divine. Et le cercle magnétique de l'envie, jusqu'ici savamment entretenu par le Prince des ténèbres, s'est brisé instantanément... Brigitte s'est soudain retrouvée à remercier Dieu pour les dons qu'il avait déposés en Guillemette, et pas en elle. Une révolution plus que copernicienne...

Brigitte termine son récit par la phrase la plus surréaliste que Benjamin ait jamais entendue depuis des mois : «Maintenant, on est amies, toutes les deux. On s'est demandé pardon mutuellement.»

Chapitre 21

Un colossal dessillement

La nuit vient de tomber ce même jour, le quarantième de la réclusion de l'abbé Bucquoy, lorsqu'un homme à la silhouette élancée se glisse dans la ruelle des Oubliés. Par miracle, il n'y a plus personne devant le petit trou du mur… Ses genoux tombent à terre en se cognant sur le sol. Il crie presque : « Mon Père, bénissez-moi, parce que j'ai péché. » De l'autre côté de la paroi, Benjamin sursaute.

L'homme se met à débiter une liste un peu mécanique de fautes… À la fin, il s'arrête net, comme si le tuyau d'arrivée d'eau était coupé d'un coup.

« Pardon, j'ai oublié de me présenter. Je suis Enguerrand Guerre... Oui, c'est bien moi. Je suis venu vous demander pardon pour le harcèlement, et pour cette pétition qui était truffée de mensonges. Et qui était assez raciste, en plus... »

Benjamin sourit. Il l'attendait, ce lascar-là... Après quelques secondes qui s'étirent comme la gelée de groseilles à travers les trous de la tartine, Benjamin rend son verdict.

« Je vous pardonne, n'en parlons plus. »

Ce pardon est plus facile à émettre qu'il ne le pensait.

« Euh, je n'ai pas fini... Disons que... C'est-à-dire que... » reprend l'homme.

Depuis son réduit, Benjamin imagine que son pénitent se mâchouille la lèvre inférieure. Va-t-il lui annoncer qu'il a trompé sa femme avec sa secrétaire ? Qu'il a étouffé avec un oreiller sa grand-mère qui végétait un peu trop longtemps ? Qu'il pilote un réseau de blanchiment d'argent ?

« C'est moi qui ai répandu la couche sale de mon petit dernier dans votre confessionnal.

— Non ! c'était vous ?

— Oui ! Pas joli joli, je reconnais. J'en ai plus que honte. Vu qu'en plus, c'est ça qui vous a fait craquer et vous retrouver ici. Tout ça pour

Sainte-Gudule… Je ne suis pas fier de moi, et je vous demande pardon du fond du fond…

– Parfois, on perd la tête. On fait des trucs baroques. Ce n'est pas si grave. Votre geste m'a traumatisé sur le moment, mais ce n'était que la goutte d'eau qui a fait déborder le vase. J'ai craqué pour tout un tas d'autres raisons, dont certaines sont très profondes et n'ont rien à voir avec votre geste. Soyez tranquille en ce qui me concerne. Allez en paix, monsieur Guerre… »

Tard dans la nuit, quelqu'un vient glisser une enveloppe dans la fente du mur. Benjamin hésite avant de l'ouvrir :

Cher Benjamin,
Je suis venue assister à la messe hier, emmenée par une amie. Je vous ai toujours considéré comme mon pire ennemi. Hier, j'ai compris qui vous étiez vraiment. Un prêtre, c'est tout. Comme d'autres sont clowns, violonistes, peintres ou alpinistes. Une vocation qui les dépasse.

Je voulais faire avancer le diocèse à la force du poignet, mais j'ai compris qu'il fallait que nous nous centrions à nouveau sur la simplicité et la force de l'eucharistie. C'est vous qui m'avez enseigné ça, hier. Je vous demande pardon pour tout. J'espère que vous allez bientôt sortir de là.

Je vous embrasse,
Évelyne

Benjamin porte le petit billet contre sa poitrine. Quelle humilité chez cette femme qu'il a si longtemps considérée comme orgueilleuse ! Lui-même n'a jamais eu le cran de lui demander pardon de l'avoir lâchement insultée au téléphone. Elle a fait le premier pas.

Benjamin repense à la grandeur de Julien, d'Évelyne, d'Ildefonse et d'Enguerrand. Il revoit tout le chemin qu'a fait Brigitte avec Guillemette, grâce à son mari soi-disant pas bien finaud. Il se rappelle aussi Monique, retournée par Mado… Au fond, ils se sont tous convertis. Mais lui résiste encore à l'action de la Grâce.

Les événements de la journée ont ouvert en lui une brèche par laquelle les larmes s'engouffrent, comme un barrage qui cède. Sa faute lui apparaît avec une clarté effrayante : c'est son orgueil qui l'a si souvent poussé à se croire génial, ou au contraire totalement nul et qui l'a si souvent fait tomber dans ce péché subtil de la comparaison, un péché que son désir de perfection a tellement encouragé.

Le lendemain matin, Benjamin fait parvenir au maire et à Mgr Vignon le message suivant : « *Il faut absolument que je sorte d'ici. Faites tout votre possible. Je ne pourrai pas rester une journée de plus.* » Il ajoute à l'intention de Mgr Vignon : « *Qu'un prêtre vienne me voir ! Je veux recevoir le pardon de Dieu. C'est urgent !* »

Chapitre 22

Une délivrance à hauts frais

Depuis des semaines déjà, Georges Garnuchot, le maire de la commune, a multiplié les études techniques pour mener à bien la délivrance de l'emmuré, qui doit inéluctablement avoir lieu un jour, et qui n'a que trop tardé. Le problème est complexe. Les experts déclarent tous que, quel que soit l'endroit par lequel on l'entamera, le cabanon menace de s'effondrer comme un fétu de paille sur la tête de Benjamin… Mais le maire a tout de même fini par décider de passer à l'action.

Le jour fixé pour la destruction du cachot, vers onze heures du matin, les équipes techniques de la mairie, renforcées par une entreprise venue spécialement de la capitale, effectuent plusieurs sondages afin de faire une brèche là où le mur semble le plus fragile, et où l'usage de la force sera donc le plus limité. À l'intérieur, Benjamin prie les psaumes de sa voix claire et haute. Le jardin du presbytère et le chemin des Oubliés ont été investis par les équipes de sécurité civile de la mairie, les pompiers, la gendarmerie et un détachement du Samu. Au même moment, dans l'église, une foule prie pour la réussite de l'opération.

Au premier coup de pioche, un fracas assourdissant se fait entendre. Le cabanon s'effondre d'un bloc, dans un nuage âcre et tourbillonnant. Un silence de fin du monde se fait. Les pompiers s'emploient aussitôt à dégager méthodiquement l'amoncellement des gravats, moyennant quelques jurons. Au bout de cinq minutes, sous une tonne de poussière, on retire le corps du reclus. Difficile de distinguer sa chemise sombre de son col romain tout blanc : Benjamin ressemble à un croque-mort à la figure duquel une boîte de talc aurait explosé... Est-il mort ? Non, répond le médecin du Samu, tâtant son pouls. Il faut le transporter d'urgence à Paris, où des équipes médicales de haut niveau pourront tenter de le sauver.

Chapitre 23

Un réveil saugrenu

Quand Benjamin se réveille enfin de son coma, une semaine plus tard, il écarquille les yeux à la vue des mines réjouies de Brigitte Charbonnier et de Guillemette de la Fausse Repose, présentes toutes les deux à son chevet, l'une à droite et l'autre à gauche du lit.

« Non, monsieur le curé, vous ne rêvez pas ! commence Brigitte.

– Quel bonheur de vous voir ! enchaîne Guillemette.

– Mesdames, vous ne pensiez tout de même pas que j'allais me priver pour toujours de vos crêpages de chignon pour une botte de tulipes ?

– Eh bien! on a eu quand même très peur de devoir aller planter nos fleurs sur votre tombe... » riposte Guillemette.

En entendant la voix masculine résonner dans la chambre, l'infirmière-chef Austreberthe Radigois fait irruption. Sa puissante chevelure blonde ressemble à une choucroute meringuée et lui donne des faux airs de Mme Thatcher. « Quoâââ, le curé s'est réveillé! Mais c'est un mirâacle! »

En fait de miracle, c'en est vraiment un. Benjamin semble avoir récupéré toute sa tête. Or, Austreberthe Radigois, tout comme son patron, Fabrice Gayette, grand professeur de la faculté de médecine, redoutaient que le curé soit réduit à l'état de courgette bouillie. La moins bonne nouvelle est que les membres inférieurs de Benjamin ont quand même été sévèrement atteints, et qu'il a de bonnes chances de rester handicapé. Mais bon, il est vivant!

Quelques semaines plus tard, Benjamin quitte enfin l'hôpital pour un centre de thalassothérapie situé au bord de la mer, à Granville. Entre le moment de son réveil et son départ, un défilé ininterrompu de visites a jalonné ses journées. Parmi celles qui ont le plus compté, il y a eu celle du père Maurice. Lui aussi vient de sortir de l'hôpital, après son infarctus. Lui aussi s'en est sorti à un cheveu près. Les deux hommes s'embrassent affectueusement, comme deux frères que la vie ferait se retrouver après des siècles de séparation.

Chapitre 24

Exilé chez les vieux

« Tu es sérieux ? M'envoyer à la maison Saint-Joseph ? Chez les croulants ? Tu veux vraiment m'installer dans ce mouroir ? Tu plaisantes, j'espère ! » Les yeux de Benjamin fulgurent de colère et ses lèvres tremblent d'indignation.

En face de lui, Jean-Philippe Vignon passe et repasse son index gauche dans son col romain, comme s'il cherchait à l'élargir. Un geste caractéristique lorsqu'il est gêné par la situation qu'il doit gérer… La réaction de Benjamin ne le surprend pas. Mais il n'est pas question de revenir sur une décision qu'il estime nécessaire. « Je sais, Benjamin, tu viens de fêter tes cinquante et un ans… Ce n'est donc pas de gaieté de cœur que je te demande de rejoindre les prêtres les plus âgés du diocèse, dont la moyenne d'âge est de quatre-vingt-huit piges... Je sais aussi que tu t'es battu comme un lion pour ne pas sombrer dans le désespoir quand on t'a annoncé que tu ne récupérerais pas tes jambes. Je t'admire. Mais tu sais, à la maison Saint-Joseph, il y a tout le matériel médical nécessaire à tes soins, et le personnel qui va avec. » L'évêque marque une pause et reprend sur un tempo plus lent, la voix voilée par l'émotion : « Pour être très franc avec toi, je te dirai que mon problème principal est que je ne sais pas encore où je peux te mettre... Je ne crois pas que tu puisses redevenir curé de paroisse. Il va nous falloir inventer quelque chose de nouveau. Être créatif... Et on a besoin de temps pour ça, tu ne crois pas ? »

Benjamin se recroqueville, triste comme une carpe japonaise, lui qui deux minutes plus tôt fulminait comme un dragon chinois. Tout ce que vient de lui dire son évêque est vrai...

Il finira ses jours dans un fauteuil roulant, c'est vrai. La prise de conscience progressive de cette réalité l'a plongé dans un véritable abattement : elle implique une révolution pour son avenir. Benjamin fait le deuil de l'usage de ses jambes, du plaisir de danser, bouger, sauter, courir, flâner, mais aussi de la merveilleuse liberté d'aller et venir. Il découvre jour après jour une dépendance humiliante (notamment pour des besoins très naturels). Pour lui, l'horizon est ouvert comme un mois de brouillard en Écosse. Benjamin lutte contre la tristesse, non seulement en pensant à son passé perdu, mais aussi à son avenir fichu. Même si, dans son cabanon, il s'était déjà persuadé qu'il n'était pas fait pour être curé – c'est-à-dire pas vraiment fait pour commander un navire – et que sa fuite était une façon de protester qu'il était d'abord un prêtre, un thérapeute des âmes. Quand il a quitté l'hôpital, Austreberthe Radigois lui a d'ailleurs glissé dans le creux de l'oreille : « Monsieur l'abbé, nous sommes faits du même bois ! Vous êtes comme moi, vous voulez soigner les gens. Hélas, de plus en plus, on nous demande – à nous les gradés – de faire de l'administratif, de remplir des cases sur l'ordinateur, d'établir des protocoles. Pff… quel ennui ! Heureusement que je suis en fin de carrière. Et après, dès le premier jour de ma retraite, en dépit de mes manières de grande dame, je vous jure que j'irai m'occuper des clochards dans la rue ou torcher les petits vieux à l'hospice ! »

Profondément ému par le mutisme de son prêtre, Jean-Philippe ajoute : « Je t'assure, je ne te laisserai pas tomber. Quand tu te seras retapé, je te promets que je te trouverai quelque chose de bien. Je ne t'oublierai pas. » Mais en se quittant, tous deux continuent à ruminer la même question : Est-il vraiment possible d'être prêtre quand on n'a plus de jambes ?

Chapitre 25

La force dans la faiblesse

« Et dix de der ! »

Benjamin n'en peut plus. C'est au moins la dixième belote de la journée. Il est vrai qu'il vaut mieux taper le carton que rester affalé devant la télé. Mais tout de même ! Dans les EHPAD où il allait rendre visite aux personnes âgées, du temps où il était curé, il y avait des tas d'activités intéressantes. Le jeu de memory le lundi, la peinture le mardi, la gym le mercredi, l'atelier d'écriture le jeudi, la chorale le vendredi. Mais ici, à la maison Saint-Joseph, la seule animation est la messe, tous les jours, à dix heures trente. Désormais, il la concélèbre assis auprès de ses compagnons. Et ça lui fait terriblement bizarre.

Du haut de ses soixante-quinze ans, sœur Marie-Eulalie veille, main d'acier dans un gant de téflon, sur le destin de la maison Saint-Joseph et de ses quarante-huit pensionnaires. Dans sa longue carrière d'infirmière, cette religieuse de l'ordre des Oblates de la Sainte Épine a dirigé une kyrielle de dispensaires dans le monde entier. Tous les résidents la vénèrent et, avec une sainte déférence, les prêtres l'appellent entre eux leur « maîtresse femme ». Quand l'un de ses pensionnaires rechigne, pudeur sacerdotale oblige, à exposer son arrière-train pour une inéluctable piqûre, elle s'exclame, telle Sarah Bernhardt dans *L'Aiglon* : « Mon Père, rassurez-vous, j'ai vu les fesses du monde entier. Les vôtres ressemblent sûrement à celles de notre Seigneur. Sauf qu'il les avait plus rebondies que vous, rapport à sa jeunesse… » Pour autant, personne n'oserait imaginer que la pieuse sœur Marie-Eulalie se soit vu révéler cet aspect de l'incarnation du Christ dans une vision mystique.

Le doyen des résidents, le père Hubert Bivort, a cent onze ans. Il a été ordonné en 1936, quelques semaines après l'arrivée au pouvoir du Front populaire. Dire sa première messe sous Léon Blum, ça pose son homme, tout de même… Il a été résistant pendant la guerre, puis déporté dans un camp de la mort. Il a encore tout son haut, mais plus son bas. Peu après ses cent ans, il a fallu l'amputer de ses deux jambes, rongées par la gangrène : « Au moins, je ne risque pas d'aller courir les filles ! »

Benjamin déjeune chaque jour avec un vieux prêtre qu'il a connu autrefois, quand il était très jeune : le père Guy Thon, alias Petit Poucet. Cet homme a perdu l'usage de son pouce droit, enfant, lors d'un accident de vélo. « Je suis circoncis du pouce. Mais ce n'est pas ça qui m'a empêché de donner l'absolution des milliers de fois... Peut-être Dieu voulait-il simplement m'éviter de passer mon temps à tapoter sur des claviers. »

Et puis il y a le père Sulpice Bougon. Il est devenu aveugle il y a une vingtaine d'années, à l'âge de soixante-huit ans. C'est un homme très doux et toujours joyeux. Un jour pluvieux où Benjamin n'avait pas du tout le moral, il a demandé à voix basse au père Sulpice le secret de sa bonne humeur. « Oh, Benjamin, tu sais, ça n'a pas été facile de se remettre à sourire. J'ai perdu la vue suite à une erreur chirurgicale. J'ai été en dépression pendant près de trois ans. Je n'acceptais pas. Et puis, j'ai reçu une immense grâce du Seigneur. J'ai retrouvé ma joie le jour où j'ai réalisé que je dépendais de tout le monde. Cela paraît aberrant de dire ça, mais la dépendance radicale permet de s'abandonner vraiment à l'amour de Dieu… Cela implique cependant d'endormir sa volonté de puissance. » Le père Sulpice a poursuivi, malicieux : « Et puis, vois-tu, être aveugle m'a obligé à développer mon ouïe, qui est désormais très fine. Cela me permet de sentir, dans la voix des gens que je rencontre, leur état émotionnel. Par exemple, Benjamin, je sens quand tu es tendu, inquiet, ou plus souriant… Parfois, je sens l'état des gens avant même qu'ils ne parlent, simplement à la façon de prendre leur souffle quand ils s'apprêtent à parler. Ce matin, j'ai senti ta tristesse avant même que tu ne me l'exprimes verbalement… »

Chapitre 26

Un foyer de la miséricorde

Jean-Philippe Vignon n'en revient toujours pas de cette journée abracadabrante, unique en son genre dans ses annales épiscopales. À onze heures du matin, il est venu présider, en tant qu'évêque, les obsèques de sœur Marie-Eulalie, à la chapelle de la maison Saint-Joseph. Celle-ci est partie d'un seul coup, comme ça. Une attaque cérébrale, ont dit les médecins. Tous les vieux prêtres étaient encore sous le choc pendant la messe. C'est qu'ils l'aimaient bien, franchement, leur « maîtresse femme ». Et puis, qui va piloter leur quotidien désormais ? Cette dernière question tournoie depuis des jours dans la tête de Mgr Vignon, telle une mouche piégée sous un verre.

L'évêque ne voit pas trop à qui il pourrait confier cette mission, guère folichonne, d'accompagner vers leur dernière demeure ces braves curés dont les facultés motrices et intellectuelles s'éteignent comme des cierges devant la statue de saint Antoine de Padoue, dans sa cathédrale. Lentement, mais sûrement.

Après la messe, alors que la famille de sœur Marie-Eulalie lève le verre de l'amitié avec les quelques résidents qui ne sont pas déjà remontés dans leur chambre pour cuver leur affliction, Benjamin retient son évêque avant qu'il ne reparte vers d'autres devoirs inhérents à la gent mitrée :

« Jean-Philippe, pardonne-moi de te retenir. Il y a quatre mois, quand tu m'as demandé de venir habiter ici, j'étais terrifié. Mais, au fil des jours, j'ai appris à mieux accepter mon handicap en côtoyant ces compagnons prêtres. J'ai pu découvrir des trésors de présence et de sainteté derrière ces corps apparemment défaits, usés, difformes… Petit à petit, ils m'ont permis d'accepter ce que je considérais comme inacceptable : ma perte d'autonomie, l'humiliation d'être handicapé… Lorsque sœur Marie-Eulalie est partie au Ciel, j'ai eu un déclic. J'aimais beaucoup cette femme admirable. J'ai beaucoup discuté avec elle durant tous ces mois où j'ai réappris à vivre, ici. Il me semble que j'ai reçu une sorte d'appel, que je me dois de te soumettre, en tant qu'évêque. Je te demande l'honneur et la faveur de lui succéder à la tête de la maison Saint-Joseph. »

Jean-Philippe Vignon a sursauté, comme s'il avait pris un coup de jus. Benjamin poursuit, galvanisé :

« La plupart de mes frères prêtres vivant ici ont l'impression qu'ils ne servent plus à rien. Le ministère leur manque. Et l'Église fait comme s'ils n'avaient plus d'oreilles pour écouter, plus de main droite pour absoudre. Or je pense que les prêtres âgés d'ici peuvent encore rendre de grands services à l'Église, notamment à travers la confession. Tu te souviens des centaines de personnes qui ont débarqué pour me parler quand j'étais dans mon cabanon ? À travers un trou dans un mur ! Et à genoux, en plus ! Tu me diras que le battage médiatique autour de ma disparition y était pour beaucoup. C'est sûr. Mais je crois que les gens sont de plus en plus en quête de cet amour du Christ dont nous sommes les médiateurs. La maison Saint-Joseph est au centre de la ville et pas très loin de la gare. Il y a du monde qui passe. Je crois que cette maison de retraite peut devenir un foyer débordant de la miséricorde du Seigneur pour l'humanité. Et toi, mon évêque, tu peux m'aider à réaliser cette vision. »

Chapitre 27

Épilogue,
quelques mois plus tard

« Allô, c'est Jennifer Duploux ! Pardonnez-moi de vous déranger. »

En voyant s'afficher un numéro inconnu, Benjamin ne s'attendait pas à tomber sur la charmante personne qui lui avait si bien tiré les vers du nez lors de sa réclusion. Il a appris cependant que cette interview a spectaculairement accéléré la carrière de la journaliste, qui a intégré la rédaction d'un grand quotidien parisien.

« Je vous appelle car je fais une enquête sur les mutations de l'Église catholique en France. J'ai lu votre livre avec beaucoup d'intérêt. Seriez-vous prêt à m'éclairer encore davantage ? »

Benjamin vient en effet de publier un petit opus où il fait le point sur son expérience, deux ans après son coup d'éclat. Il confie ce qu'il a vécu entre ces murs, la conversion face à son orgueil et à sa jalousie, à sa peur maladive de ne pas être reconnu par l'institution. Il y raconte également comment il est sorti de sa profonde dépression au contact, notamment, d'autres prêtres diminués, affaiblis, dont l'amitié l'a aidé à accepter son propre handicap. Il explique que son aura médiatique lui a permis d'attirer des dizaines de personnes en quête de guérison intérieure vers ces vétérans du sacerdoce. Ce que Benjamin ne dit pas dans son bouquin, c'est qu'il a pu faire venir à Saint-Joseph son père spirituel, le père Maurice. Contrairement à lui, ce dernier, en dépit de son infarctus, n'a pas besoin de chaise roulante pour se déplacer.

« D'accord, mademoiselle Duploux. Je vous écoute », accepte Benjamin.

La journaliste dégaine immédiatement sa liste de questions :

« Quel bilan faites-vous de votre année comme directeur du foyer Saint-Joseph ?

– Mes compagnons, tout comme moi, sont handicapés, de diverses manières, mais ils peuvent encore être au service de ceux qui ont besoin d'une écoute en toute confidentialité, et qui portent des blessures qu'on n'imagine même pas… Ils leur donnent le pardon de Dieu, la consolation du cœur. En retour, ceux qui viennent se confesser – ou seulement se confier – rappellent à ces hommes qu'ils sont utiles, qu'ils ont une valeur pour l'humanité. D'un point de vue théologique, cela va encore plus loin : par ce pardon qu'ils donnent au nom de Jésus, les prêtres qui vivent ici ne peuvent jamais oublier qu'ils sont prêtres jusqu'à leur dernier souffle. Leur épaisseur théologique ou métaphysique existentielle est confirmée.

– Leur "épaisseur théologique ou métaphysique existentielle"… C'est léger comme une pioche, votre affaire… Franchement, ça vous ennuierait de parler en français courant, juste pour mes lecteurs ?

– Bon, je vais faire un petit effort. Par cette formule, j'entends l'identité fondamentale d'une personne aux yeux de Dieu, son "poids" du point de vue de l'autre monde, de l'éternité…

– Mais encore ? Je ne vois pas le lien avec vos vieux compagnons prêtres, ni avec vous…

– Il y a deux ans, je me suis emmuré car j'avais besoin d'être à nouveau enraciné dans ce que j'étais vraiment, comme je vous l'ai d'ailleurs expliqué à l'époque. J'avais l'impression d'être devenu un fonctionnaire. Je voulais être "refondé" comme prêtre par les catholiques de ma paroisse, mais aussi par le tout-venant. C'est ce qui s'est passé derrière ce mur, lorsque les gens sont venus me voir. Je me suis réapproprié mon identité de fond, pour employer le mot savant. D'ailleurs, ça continue ici. Je suis devenu handicapé, mais je sais, notamment quand je donne le pardon de Dieu, que je continue d'avoir une valeur indépendamment de ma "non-performance" physique, à cause de ma nature profonde. Cela vaut aussi pour mes vieux compagnons de ce foyer : ils pourraient avoir l'impression d'être devenus inutiles, mais ils réalisent qu'ils ont une valeur inestimable en assumant tout simplement d'être prêtres jusqu'au bout.

– Si j'ai bien compris, l'essence du prêtre a une place centrale chez vous. Mais s'il s'agit de conforter les prêtres dans leur identité, on tombe dans une forme de nombrilisme clérical, non ? Et les autres, ceux qui ne sont pas prêtres, vous en faites quoi ?

– Cette réappropriation de notre identité profonde est nécessaire à tous, et surtout à ceux qui ne sont ni prêtre ni diacre... Il faut que les laïcs se réapproprient leur identité aux yeux de

Dieu et des autres, du point de vue théologique. Cela passe par une prise de conscience de ce qu'ils sont par leur baptême. Voilà la vraie révolution dont l'Église a besoin, la réforme fondamentale. Et c'est valable pour tous les chrétiens : catholiques, protestants et orthodoxes… Cette affaire va beaucoup plus loin que des bouleversements de structures, inévitables, dont tout le monde parle ici et là. Que certains prêtres aient délocalisé leur presbytère dans un camping-car, qu'ils sautent en parachute pour lever des fonds, ou que sais-je encore, c'est très bien, certes… Ces initiatives sont bonnes, mais l'essentiel est que les baptisés redécouvrent le pouvoir énorme que le Christ leur donne par le baptême.

– Ah bon ! Un pouvoir énorme ?

– Oui ! On parle du pouvoir que le prêtre reçoit quand il est ordonné, celui de pardonner les péchés et de changer le pain en corps du Christ, et le vin en son sang. Mais on oublie plus souvent de parler du pouvoir que l'on reçoit dans le baptême. Le baptisé sous-estime ou méconnaît l'autorité que lui donne le Christ pour guérir, proclamer le Royaume de Dieu, chasser les esprits mauvais, ressusciter les morts.

– Chasser les démons et ressusciter les morts… Vous êtes sérieux ?

– Oui, tout à fait. Mais entendons-nous bien. Il ne s'agit pas pour les baptisés de jouer les exorcistes ou les guérisseurs tout-puissants, ni de se prendre pour Jésus. Mais de laisser le Christ agir à travers eux, et en particulier à travers leur faiblesse. Cela implique à la fois une grande humilité et une réelle audace, celle de la confiance en Celui qui peut tout faire en nous, même si nous ne le voyons pas toujours, même si nous ne nous en sentons pas capables. Le problème des chrétiens, c'est qu'ils ne croient pas assez qu'ils ont en eux cette autorité du Père, qui leur vient du Fils, par l'Esprit Saint. Souvent, même, ils n'y croient pas du tout... Si c'était le cas, ils feraient plus de miracles qu'ils ne le pensent. »

La journaliste a un peu le tournis en terminant son appel. L'abbé Bucquoy a non seulement des idées bien campées, mais une force apparemment insubmersible.

De son côté, Benjamin a tout juste raccroché que le téléphone sonne à nouveau. « Grrr... Encore un de ces gars qui veulent caser des panneaux photovoltaïques ou une cuisine ultramoderne dans la maison... Laissons bosser le répondeur! » râle-t-il. Mais subitement, il se ravise.

Un fort accent italien se fait entendre à l'autre bout du fil :

« Bonjour, je suis Mgr Albertini… »

Benjamin répond du tac au tac :

« Et moi, je suis la reine d'Angleterre ! Merci, Jean-Philippe, tu es très fort… Tes talents d'imitateur n'ont pas de limites ! Quel bon vent t'amène ? »

Silence au bout du fil. Puis la voix reprend, d'un ton un peu sec :

« Non, ce n'est pas un canular. C'est bien le nonce apostolique qui vous appelle. Et pour une affaire très sérieuse. »

Enfer et damnation ! C'est vraiment lui ! Benjamin aurait dû reconnaître sa voix car il l'a rencontré par hasard il y a six mois, lors du pèlerinage de la maison Saint-Joseph à Lourdes. Mgr Albertini se racle la gorge et reprend, d'un ton solennel :

« Le Saint-Père a décidé de vous nommer évêque de N… Il pense que vous êtes l'homme de la situation pour ce diocèse rural, très affaibli démographiquement et économiquement, qui a de gros soucis financiers, très peu de prêtres en activité et des laïcs assez âgés, en perte d'énergie. Et aussi, pour être très franc, il y a une vieille affaire d'abus sexuels à gérer… En fait, je vous avoue que votre livre a beaucoup ému le pape. Il a déclaré à votre sujet : "Cet homme a une vision, donnons-lui les moyens de l'appliquer. Il fera un excellent évêque de N…, surtout s'il arrive à rendre leur élan aux prêtres de plus de quatre-vingts ans, qui sont extrêmement nombreux là-bas." »

La sueur perle sur le front de Benjamin, son sang pulse à toute vitesse dans son thorax, sa bile chahute dans ses viscères. À peine parvient-il à bredouiller deux ou trois borborygmes inintelligibles.

« Je vous laisse quarante-huit heures pour me répondre, poursuit le nonce. Si vous vous sentez incapable, c'est plutôt bon signe. Tous les prophètes ont pris peur devant l'appel de Dieu. L'un a dit qu'il était trop inexpérimenté, l'autre a invoqué son bégaiement. Vous avez tous une bonne excuse… Vous, par exemple, je suis certain que vous allez me dire que vous n'avez plus de jambes. Il est vrai que ce n'est pas courant. Mais ce n'est pas un argument suffisant pour refuser. Dans votre livre, vous démontrez longuement comment l'audace évangélisatrice de l'Église peut coexister avec sa vulnérabilité, ses blessures… C'est très convaincant. On n'a pas besoin d'évêques qui soient des surhommes physiquement, mais d'évêques qui aient la foi et ce que j'appelle une "vision", sans oublier un courage et une humilité à toute épreuve, ce qui est votre cas, paraît-il. Soyez en paix : l'Église vous fait confiance, alors qu'elle connaît vos défauts, vos failles… De toute façon, vous n'êtes plus susceptible de fuir devant les responsabilités, puisque vous avez déjà fui quand vous étiez curé, et que cela vous a servi de leçon, si j'ai bien compris… Donc, soyez confiant, tout ira comme sur des roulettes ! Je vous rappelle après-demain. D'ici là, motus et bouche cousue. Sauf à votre confesseur, bien sûr. »

Le nonce a raccroché. Sonné par l'uppercut papal, Benjamin ne lui a même pas dit au revoir. Ce sont pourtant des choses qui se font, particulièrement avec Mgr Albertini.

Évêque… Existe-t-il un job plus difficile ? Benjamin a l'impression de se retrouver seul dans un téléphérique en panne suspendu au-dessus d'un glacier alpin… Du temps où il se sentait si fort, il regrettait de ne pas être suffisamment reconnu par l'institution. Maintenant qu'il lui manque certaines facultés physiques, l'Église lui demande d'être de ceux qui tiennent le gouvernail, d'être de ceux qui doivent trancher les conflits les plus cornéliens, qui risquent les plus injustes procès, qui expérimentent les solitudes les plus âpres ; mais de ceux pour qui les grâces promises par le Christ à ses apôtres ne peuvent manquer. Enfin, si l'on a la foi.

Le plus vertigineux, c'est qu'on lui demande de mettre en œuvre sa vision. Il faut bien reconnaître qu'il a écrit des pages regorgeant d'idées fortes, notamment sur la mission évangélisatrice dans laquelle la puissance de Dieu se déploie à travers la faiblesse des baptisés, mais c'était pour les autres... Pour que les évêques, par exemple, testent ces idées sur le terrain, qu'ils mettent l'anneau épiscopal dans le cambouis...

En quelques tours de roues, Benjamin se trouve dans la chambre du père Maurice et lui déballe tout. Son père spirituel explose de rire : « Tu ne trouves pas que le Bon Dieu a le sens de l'humour, Benjamin ? Il se plaît à prendre les prophètes au mot, à mettre les visionnaires au pied du mur, à déloger les saints de leur niche. Être évêque, quelle merveilleuse galère ! J'espère bien que tu m'emporteras dans tes bagages... »

www.editionsquasar.com

Achevé d'imprimer par Corlet, Imprimeur, S.A. - 14110 Condé-sur-Noireau
N° d'Imprimeur : 184660 - Précédent dépôt : juillet 2016 - Dépôt légal : septembre 2016 - *Imprimé en France*